"Suivez-moi-jeune-homme"[1]

1. Ruban de chapeau.

Cet ouvrage a reçu
le Prix NRP Collèges 2007
le Prix Chronos 2009
le Prix Sainte-Beuve des collégiens
du Nord-Pas-de-Calais, 2009
le Prix Gragnotte de la ville de Narbonne, 2009
le Prix My Mots, Collège Rambam-Maïmonide
de Boulogne-Billancourt 2009

casterman
87, quai Panhard-et-Levassor
75647 Paris cedex 13

www.casterman.com

ISBN : 978-2-203-03320-7

Conception graphique : Anne-Catherine Boudet

© Casterman 2007 et 2010 pour la présente édition
Achevé d'imprimer en juillet 2010, en Espagne.
Dépôt légal : septembre 2010 ; D. 2010/0053/278

Déposé au ministère de la Justice, Paris
(loi n° 49.956 du 16 juillet 1949 sur les publications destinées à la jeunesse).

Tous droits réservés pour tous pays.
Il est strictement interdit, sauf accord préalable et écrit de l'éditeur, de reproduire (notamment par photocopie
ou numérisation) partiellement ou totalement le présent ouvrage, de le stocker dans une banque de données ou
de le communiquer au public, sous quelque forme et de quelque manière que ce soit.

Yaël Hassan

"Suivez-moi-jeune-homme"

« ... Les langues ni le soleil ne s'arrêtent plus. Le jour où elles se fixent, c'est qu'elles meurent. »

Victor Hugo

Préambule

À une époque (pas si lointaine !) où j'ignorais encore que j'écrirais moi-même un jour, je ne ratais aucune de ses émissions à la télévision, que ce soit Apostrophe puis Bouillon de culture, où le « bouillonnant » Bernard Pivot avait le don de me donner l'envie de lire absolument tous les livres qu'il présentait. Bien des mots ont coulé sous les ponts depuis… Bernard Pivot n'est plus à la télé et me voilà devenue l'auteur d'un livre dont il est, à son insu, l'instigateur. Effectivement, Bernard Pivot venait de sortir chez Albin Michel son livre intitulé 100 mots à sauver, où il s'émouvait de la disparition de certains mots de nos dictionnaires. À cette occasion, le magazine Lire avait demandé à des écrivains de donner leur avis sur la démarche de Bernard Pivot et certains avaient accepté d'en adopter un parmi les cent.

« Un mot, un seul ? La belle affaire ! » m'étais-je dit. Porter secours à celui qui m'avait si généreusement offert des heures et des heures de délices littéraires était à mon sens la moindre des reconnaissances. Et ce sont donc les cent mots de M. Pivot que j'ai placés dans mon roman.

À vous de les découvrir, de les apprécier, de les dire, murmurer, susurrer, caresser et, pourquoi pas, d'en adopter quelques-uns au passage !

1

LA CONCIERGE EST DANS L'ESCALIER

« LA CONCIERGE EST DANS L'ESCALIER », indique un panneau scotché au carreau.

Seulement voilà, ce panneau, Christina l'utilise en toutes circonstances, même quand elle n'est pas dans l'escalier.

Ça l'amuse, sans doute.

Sauf que moi, à ce moment précis, je n'ai pas du tout envie de m'amuser !

Je sais qu'il n'est pas en panne, ce maudit ascenseur, car j'ai remarqué un camion de déménagement devant la porte de l'immeuble et c'est sans doute pour ça...

Alors, je m'énerve et je crie :

— Hé, débloquez l'ascenseur, là-haut !

Et comme par magie, l'ascenseur arrive !

— Pas trop tôt !

Alors que je m'apprête à m'y engouffrer, je sens

7

que l'on me tient la porte. Sans doute Christina. Et je lui lance d'un air bougon sans même me retourner :

— Tu veux te faire pardonner, hein ?

— Me faire pardonner quoi ? grommelle une grosse voix qui n'est pas du tout celle de la concierge.

Surpris, je lève la tête. La main qui me tient la porte est celle d'un vieil homme inconnu.

— Oh, pardon ! Je pensais que c'était la concierge.

— Ah ? Et qu'a-t-elle donc à se faire pardonner, la concierge ?

— De n'être jamais à son poste quand j'en ai besoin !

— Effectivement, c'est impardonnable, jeune homme. Véritable crime de lèse-majesté méritant des sanctions immédiates ! Tu choisirais quoi ?

— Comment ça ?

— Comme punition ?

J'ai appuyé sur le bouton du premier. Lui allait au sixième.

C'est donc le nouveau locataire.

— Alors, insiste-t-il, la punition ?

Heureusement que j'étais arrivé. Pas très net, le type !

— Au revoir, monsieur !

Je n'ai pas demandé mon reste et suis sorti de l'ascenseur.

8

— Au plaisir, jeune homme ! me lance-t-il en me tenant la porte.

Le soir, à table, nous parlons de l'emménagement.
— Il est complètement barge, le nouveau locataire !
Ce à quoi mon père réagit aussitôt par :
— Voilà un jugement nettement tranché !
— C'est vrai, ça ! renchérit ma mère. Qu'a-t-il fait, ce brave homme, pour le mériter ?
— Je râlais parce que l'ascenseur n'arrivait pas et que Christina, bien entendu, n'était pas là. Quand ce type est arrivé derrière moi et m'a tenu la porte, j'ai cru que c'était elle et j'ai dit quelque chose comme : « Tu veux te faire pardonner, hein ? » Alors, il est rentré dans un gros délire, me demandant quel genre de punition je voudrais infliger à la concierge.
— Mais enfin, Thomas, tu n'as quand même pas pris ça au premier degré ? C'était une boutade, voyons ! s'esclaffe-t-il. Voilà un homme qui a certainement beaucoup d'humour !
— Ton père a raison ! Cet homme n'est pas fou, loin de là ! C'est même quelqu'un d'assez brillant, à ce que j'ai pu comprendre. Il s'appelle M. Pavot, professeur d'université à la retraite doublé d'un chercheur en je ne sais trop quoi. Christina m'a tenu la jambe ce matin pour m'en parler, mais je n'avais pas le temps.

— Moi, je l'aurais pris le temps, pour que Christina me tienne la jambe !

Mon père croit bon de prendre un air choqué.

— Thomas, elle pourrait être ta mère, la concierge !

— Ouais, mais je la trouve plutôt pas mal pour une vieille !

— Une vieille ! s'indigne maman qui démarre au quart de tour. Elle ne doit pas avoir plus de trente ans cette fille ! À quel âge est-on vieux pour toi ?

— Au tien, voyons !

Et je file dans ma chambre à toute vapeur !

SCROGNEUGNEU !

En rentrant du collège, le lendemain, j'ai comme l'impression que Christina me guettait.

— Tiens, Thomas, tu ne veux pas monter ce colis à M. Pavot ? J'attends un coup de fil. Tu sais, c'est le nouveau du sixième.

— Non, merci, Christina ! Sans façon !

Elle prend un air tout étonné, arrondissant sa bouche en un O de surprise. Sans doute parce qu'elle a l'habitude que je ne lui refuse rien.

— Mais pourquoi, Thomas ?

— Tu veux que je te le dise ?

J'avais baissé le ton et lui ai fait signe de s'approcher de mon oreille.

J'adore son parfum à la vanille.

— Il ne m'a pas l'air très net, ce type !

— N'importe quoi ! Moi, il m'a paru tout à fait charmant ! Et courtois, avec ça !

Je suis à deux doigts de lui révéler le sort que cet homme charmant lui réserve… mais quand une jolie fille me prend par les sentiments…

— Allez, Thomas ! S'il te plaît. Je ne te demande pas de lui faire la causette.

Elle me dépose un carton sur les genoux et un baiser sur le front.

Allez résister à ça !

Tandis que j'attends l'ascenseur, je sens son regard attristé s'attarder sur mes frêles épaules. Elle fait ça à chaque fois, Christina, c'est plus fort qu'elle. Elle ne peut pas s'empêcher d'avoir pitié de moi. C'est pour ça aussi que je fais le malin avec elle, style le type hyper bien dans ses baskets… neuves.

— Hé, Christina, si t'as envie de me consoler, n'hésite pas !

J'adore son rire !

— T'es un sacré coquin, toi !

Avant, on avait une vieille râleuse en charentaises comme concierge… On a gagné au change.

— Encore toi ! me lance M. Pavot en guise de bonjour. J'espère que tu es venu avec toute une liste de supplices !

Décidément, il a de la suite dans les idées !

— La concierge m'a demandé de vous monter ça.

— La concierge, hein ? Et pourquoi ne l'a-t-elle

pas monté elle-même ? Voilà qu'elle aggrave son cas.
Nous serons sans pitié, n'est-ce pas ?

— Elle était occupée. Et puis, elle est gentille, vous
savez, la concierge ! Et aux gens gentils, j'aime bien
rendre service !

— Serais-tu un preux chevalier ? Un Bon Samari-
tain ? Un défenseur des opprimés ? Si c'est le cas, tu
m'intéresses...

Ce n'est plus une simple impression. Quoi qu'en
disent Christina et mes parents, il lui manque une
case au pépé !

— Non, c'est juste que je l'aime bien, Christina, moi !

— Je t'accorde qu'elle soit accorte. Mais j'espère
qu'elle n'a rien d'une potinière[2] ! À mon ancienne
adresse, nous avions une incorrigible babillarde[3],
toujours prête à débagouler[4] sur son prochain !

Là, j'avoue n'avoir saisi qu'un mot sur deux.

— Entre ! fait-il.

— Non, merci ! Je suis juste venu vous déposer
votre colis.

— Alors, merci à toi ! Et au plaisir de te revoir !

Il me prend le paquet des mains et referme la
porte.

---

2. Commère.
3. Bavarde.
4. Vomir.

Mais je n'ai pas encore fait demi-tour que j'entends un bruit de chute accompagné d'un mot qui ressemble à :

— Scrogneugneu[5] !

— Eh, ça va monsieur ? m'inquiété-je en tambourinant à sa porte qu'il ne tarde pas à rouvrir.

— Ça va, ça va ! J'ai trébuché ! Cet appartement a tout du lupanar[6] ! Ah, que je hais ces déménagements ! Voilà que je boitille ! Il ne me manquait plus que ça ! Avec tout ce fatras…

— Ouais, je ne veux pas vous décourager, mais vous avez un sacré boulot pour ranger tout ça !

— Effectivement… Je ne sais pas par quoi commencer. Eh, mais dis donc ? T'es en vacances, là, non ? Et puis, j'ai cru comprendre que tu as l'âme d'un preux chevalier…

— Euh…

— Alors, je t'embauche !

— Vous m'embauchez ! Là, tout de suite ? Et pour quoi faire ?

— Pour m'aider à ranger, pardi ! Mais pas tout de suite, nous voilà déjà à la brune[7] !

Est-ce qu'il serait aussi aveugle, ce type ?

— Mais monsieur, comment voulez-vous que…

---

5. Sacré nom de Dieu !
6. Maison close, bordel.
7. À la tombée de la nuit.

— Moi j'ai du mal à me baisser, et toi à te lever. À nous deux, on fera la paire ! Tu me passeras les bouquins et moi je les placerai. Marché conclu ?

Oh là ! Attention au traquenard ! Il me prend pour son larbin ou quoi ? Attends, coco, j'ai autre chose à faire de mes vacances, moi !

Mais visiblement, il a déjà tout décidé tout seul, comme un grand !

— Demain, ça te va ?

— Mais demain c'est samedi, monsieur !

— Et alors, t'es aux trente-cinq heures ?

— Non…

— En ce qui me concerne, je suis levé dès potron-minet[8] ! Je ne pense pas qu'il en soit de même pour toi. Alors tu n'auras qu'à toquer[9] à ma porte, disons aux alentours de dix heures !

Je n'ai pas le temps de dire ouf qu'il referme sa porte !

Prof à la retraite, celui-là ? Général, oui !

En redescendant, je me demande comment et pourquoi j'ai accepté… Enfin, non, je n'ai pas accepté, puisque je n'ai rien dit. Mais c'est tout comme, puisque le résultat est le même !

C'est ce que j'essaie d'expliquer à mes parents.

---

8. Au petit matin.
9. Frapper discrètement.

— Qui ne dit mot consent ! me lance ma mère. Il t'attend demain, alors tu iras !

— Mais, maman, il m'a mis devant le fait accompli ! En plus, il est complètement dingue, je t'assure ! Et vous allez rire, mais je ne pige pas la moitié des mots quand il cause !

— Oh, écoute, Thomas ! Je ne pense pas que cet homme soit dangereux, honnêtement ! Tout au plus un original ! Et puis, ça t'occupera !

C'est bon de se sentir soutenu… Comme si je n'avais rien d'autre à faire, moi !

— OK, c'est d'accord ! Mais s'il s'imagine que je vais renoncer à ma grasse mat' pour lui, il se trompe grave, le père Pavot !

— Tu râles pour la forme. Te connaissant, tu seras à l'heure, car tu ne supportes pas d'être pris en défaut sur quoi que ce soit. Même quand tu veux jouer aux méchants, tu n'es pas crédible !

Et maman en profite pour glisser :

— Quand je pense que tu vas l'aider à ranger, alors que je ne sais plus sur quel ton te prier de mettre un minimum d'ordre dans ta chambre !

— Mais maman, je ne peux pas, tu sais bien !

— Oh, l'hypocrite ! Tu es parfaitement capable de ramasser tes vêtements et de placer ce qui est à ta hauteur, Thomas !

3

VIENDRA-T-Y, VIENDRA-T-Y PAS ?

À neuf heures du mat', quand on est en vacances et que le téléphone sonne, on l'a plutôt mauvaise !

Sauf quand celle qui a le toupet de vous réveiller s'appelle Mia et qu'elle est votre meilleure amie.

Hé, on se calme ! J'ai dit ma *meilleure* amie, pas ma *petite* amie ! Nuance !

Enfin, là, je l'ai quand même mauvaise car, quand votre meilleure amie vous appelle à neuf heures du mat' — alors que vous êtes en vacances et que vous pioncez profondément — pour vous dire qu'elle part s'éclater avec une bande de potes sur les pistes de ski, forcément que ça ne vous fait pas plaisir du tout !

Et le fait qu'elle ajoute :

— Je penserai très fort à toi en dévalant les pentes, mon Toto !

(Eh ben oui, elle m'appelle son Toto. Il n'y a qu'elle qui a le droit !)

Ce n'est pas non plus ce qui va vous consoler !

Il faut pourtant que je la joue cool.

— Je penserai à toi, moi aussi. Enfin, si j'ai le temps, car j'ai un programme plutôt chargé…

— Ah bon ? s'étonne-t-elle.

Puis, j'entends une voix de garçon qui lui dit :

— Allez, Mia, grouille ! Je t'ai gardé une place à côté de moi !

— Faut que je te laisse, Thomas.

— Ouais, c'est ça, laisse-moi. Moi aussi, faut que j'y aille.

Et je raccroche, les tripes nouées.

Du coup, impossible de me rendormir.

Je me lève. Je traîne un peu, puis décide de monter chez le vieux. Après tout, autant me débarrasser au plus vite de la corvée.

Quand je sonne à sa porte, il n'est pas encore dix heures.

— Entre ! C'est ouvert.

Entre ! Il en a de bonnes, lui ! Faudrait d'abord pouvoir me frayer un passage. Des cartons, il y en a partout ! Tellement même que c'est à croire qu'ils ont fait des petits pendant la nuit !

Quant à Pavot, je le trouve perché sur la dernière

marche d'un escabeau, vêtu d'une sorte de longue blouse grise, un livre à la main, un chiffon à poussière dans l'autre.

— Eh, mais faites gaffe ! C'est dangereux ! Vous pouvez tomber ! ne puis-je m'empêcher de m'exclamer. Vous voulez mourir ou quoi ?

— Dangereux, dangereux… N'exagérons rien ! J'ai beau être légèrement bancroche[10], je me sens assez bien en altitude, tout proche des hautes sphères de la pensée !

Quand je vous disais qu'il n'est pas net…

— Cela dit, je suis satisfait de ta venue. J'avais des doutes. Je me demandais viendra-t-y[11], viendra-t-y pas ?

— Je commence par quoi ? je bougonne entre mes dents. Il y en a des tonnes de bouquins ! On n'aura jamais fini !

— Te voilà très enthousiaste, mon garçon ! Que veux-tu ? Si certains aiment à s'entourer de brimborions[12], chez moi ce sont les bouquins qui occupent l'espace.

Je regarde autour de moi… Effectivement, il y en a partout ! De la folie !

---

10. Bancal.
11. Y : il.
12. Babioles.

19

— Et toi, aimes-tu les livres ? me demande-t-il, me tirant de mes pensées profondes.

— Ça dépend… Je n'en achète pas beaucoup, mais j'aime bien aller dans les grandes librairies pour en feuilleter…

— Cela s'appelle de la badauderie[13] littéraire… Je m'y livre aussi quelquefois, ah ah !

Je ne vois pas ce qu'il y a de marrant et reste de marbre.

— Je m'y livre… Drôle, non ? Rien de pire qu'un bon mot qui tombe à plat ! Mais tu n'es pas d'humeur, à ce que je vois… Au boulot ! J'ai pensé que nous pourrions procéder ainsi : toi, tu sors les livres des cartons, et moi, je place iceux[14] sur les rayons. Ton aide m'évitera d'avoir à monter et descendre sans cesse. Autant d'économisé en gesticulations et fatigue. Ça te va ?

— Ça roule !

Nous ne chômons pas et je ne sens bientôt plus mes bras.

— Ne sont-ce pas là les douze coups de midi que j'ois sonner ? s'exclame-t-il soudain. Il est donc l'heure de me sustenter, jeune homme. Et si le cœur t'en dit, je t'invite à partager ma maigre pitance !

---

13. Flânerie.
14. Ceux-ci.

La prochaine fois, je lui demanderai de mettre les sous-titres !

Il descend de son perchoir.

— Sans barguigner[15], on est tout de même mieux sur le plancher des vaches ! Suis-moi, jeune homme !

Il se dirige vers la cuisine. Ça fait tilt ! Pavot m'invite à déjeuner avec lui.

Il sort de son frigidaire une plaquette de beurre et une assiette de charcuterie.

— Je te préviens, c'est sans fla-fla[16] ! Il n'y a pas là de quoi faire ribote[17], juste un casse-croûte ! Ça t'ira ?

— Ça me va ! J'ai les crocs.

Mais la question suivante me va moins bien :

— Ton fauteuil, c'est un accident ?

Gonflé, quand même, le papy ! D'habitude, les gens n'osent pas franchement me demander ce qui m'est arrivé. Ça les gêne. Ce qui n'est visiblement pas son cas à lui !

Je réponds du bout des lèvres :

— Un accident de scooter.

— Tu faisais le malin ?

---

15. Hésiter.
16. Chichi.
17. Excès de table, bombance.

21

— Même pas ! Aucun tort. Un crétin en voiture a grillé un stop, m'a renversé et puis s'est barré. Lui, on ne l'a jamais retrouvé, et moi, c'est l'usage de mes jambes que j'ai perdu.

Il se tait et hoche la tête en me regardant droit dans les yeux.

J'avoue que j'apprécie parce que d'habitude, à ce moment-là, les gens détournent systématiquement leur regard.

— Dis-m'en plus !

Je n'aime pas raconter mon histoire, car je déteste qu'on me prenne en pitié !

JE DÉTESTE !

— Allez, raconte, fiston !

Avec lui, allez savoir pourquoi, c'est pas pareil !

— Ça m'a pris du temps à réaliser ce qui m'arrivait. Les médecins, au début, ils n'osent pas franchement vous avouer ce qui vous attend. Ils la jouent optimistes : tout ira bien, mon vieux, t'inquiète pas, remets-toi déjà le moral en place, le reste suivra… et blablabla et blablabla. Moi, je n'avais même pas imaginé que ce soit possible. En fait, quand le médecin m'a annoncé que je ne retrouverais pas l'usage de mes jambes, j'ai d'abord rigolé. Je croyais qu'il me faisait une blague. Mais à voir la tête de mes parents, j'ai compris qu'il était tout ce qu'il y a de plus sérieux ! Je ne vous dis pas comme j'ai chialé.

22

C'était l'horreur. Je ne voulais plus voir personne. J'avais honte ! C'est idiot, je sais. Ce n'était pas ma faute à moi, ce qui m'arrivait. Mais c'était comme ça, j'avais honte de me montrer dans un fauteuil. Après l'hosto, il a fallu que j'aille dans un centre de rééducation. En arrivant, j'ai tout de suite compris que j'avais eu une sacrée chance, car la plupart des mecs qui se trouvaient là étaient tétraplégiques, cloués pour toujours dans leur fauteuil, paralysés du cou aux orteils ! Alors, oui, on peut dire que dans mon malheur, j'ai de la chance quand même ! Le kiné qui s'occupait de moi m'a obligé à regarder les choses en face, à les accepter telles quelles, le principal étant que je sois en vie. C'est grâce à lui que je suis remonté à la surface peu à peu...

— Moi, c'est Bertrand ! me coupe-t-il net, soudain, en me tendant la main. Ravi de te connaître !

— Et moi, Thomas !

4

LE PÈRE PAVOT

— J'étais professeur de linguistique, m'explique-
t-il ensuite. Mais depuis que je suis à la retraite, j'ai
une autre passion, figure-toi.

Ah oui, les timbres, les pièces de monnaie…
Qu'est-ce qu'il va me sortir, le père Pavot ?

Il baisse alors la voix, prenant des airs de conspi-
rateur…

— Puis-je te confier un secret, mon ami ?

— Euh… oui !

— Je suis un résistant !

Les vieux, parfois, ça débloque, ça s'emmêle les pin-
ceaux, ça perd la mémoire, ça mélange les époques…

Visiblement, M. Pavot a oublié que la guerre est
finie.

— Je vois…

S'il n'avait pas éclaté de rire à ce moment-là, je
crois que je me serais vraiment inquiété.

— Rassure-toi, Thomas, j'ai encore toute ma tête !
Ce que je voulais dire, c'est que je suis entré en
résistance pour sauver les mots, nos mots, les tiens,
les miens, ceux de la langue française !

— Pourquoi, ils sont malades ?

— Pire ! Trop de mots sont en péril, déclinent,
défaillent, se rabougrissent, se précarisent ou tirent
carrément leur révérence sans tambour ni trom-
pette. Sans parler de nos conjugaisons dont certains
des temps les plus prestigieux sont passés à la
trappe. Je comprendrais qu'on n'utilisât pas dans
le langage courant l'imparfait du subjonctif, par
exemple, et que l'on traitât de mirliflore[18] celui qui
en ponctuerait son discours, mais voilà que même à
l'écrit ce temps est quasiment banni ! Tout fout le
camp, je te dis ! Tu vois, petit, nous vivons une
époque assez formidable où l'on ne se préoccupe
plus que de pollution, d'écologie, d'effet de serre, de
couche d'ozone, de protection de l'environnement,
de la planète, des espèces de toutes sortes, mais nul,
hormis quelques clampins[19] de mon acabit, ne
s'évertue à sauver nos mots ! N'est-ce pas là un
véritable désastre ? Alors, tu vois combien notre
tâche est ardue ?

---

18. Jeune homme élégant, qui aime se donner en spectacle.
19. Types quelconques.

Décidément, le cas de ce brave homme est bien plus désespéré que je ne me l'imaginais.

— Mais la tâche de qui, monsieur Pavot ? je lui demande pour être aimable.

— La tâche des résistants !

— Ah, parce que vous n'êtes pas tout seul ?

— Non ! Heureusement ! Notre réseau compte près de cent membres, déjà ! Et rassemble de plus en plus d'adeptes.

Soudain, une petite lanterne rouge se met à clignoter dans mon esprit embrumé : ce type est peut-être un gourou faisant partie d'une secte qui, sous des dehors inoffensifs, recrute sournoisement ses futurs disciples… Mais la lumière s'éteint aussitôt. Il suffit de le regarder pour le savoir inoffensif. Barge, d'accord, mais pas dangereux !

— Votre réseau de résistants, c'est ça ?

— Tout à fait, jeune homme ! La tâche est difficile, crois-moi ! On ne pourra pas tous les sauver ! Dans les dictionnaires sévit déjà une sérieuse crise du logement. Certains resteront malheureusement sur le carreau et nous aurons sans doute quelques SDA sur les bras.

— SDA ?

— Sans domicile attitré ! Notre mission sera aussi de leur trouver un autre type d'hébergement. Seulement, nous n'avons encore aucun pouvoir, ni reconnaissance. Nous sommes des dilettantes, des intermittents du sauvetage !

— Respect, monsieur Pavot, mais s'il y a des mots qui disparaissent, c'est sans doute parce que les gens ne les utilisent plus !

Il remonte sur son échelle et je lui passe, un à un, je ne sais combien de dicos différents.

Il se tait et se contente de soupirer.

J'insiste :

— Ils ne servent donc plus à rien !

— Mais c'est bien le problème, justement ! Ne crois pas que je sois là à regarder voler les coquecigrues[20] ! Je suis conscient que les mots vieillissent eux aussi et qu'il est nécessaire de moderniser notre langage, de le laisser évoluer, de l'enrichir de nouveaux termes, de l'adapter à notre société de haute technologie. Mais pourquoi, que diantre[21] ! les envoyer à la casse ? Remarque, n'est-ce pas désormais le sort que notre société voue à ses anciens ? Place aux jeunes ! Et oust, les vieux, dehors ! Tiens, ouvre *Le Petit Larousse* que tu as en main, et cherche-moi le mot « peccamineux[22] ».

— Pécaïre… Pécari…

---

20. Se faire des illusions.
21. Juron.
22. Celui qui commet des péchés.

— Ne te casse pas la nénette[23], va ! Tu ne l'y trouveras pas. Pas plus que dans *Le Petit Robert*. Aussi peccamineux l'un que l'autre !

— Et ça veut dire quoi ?

— Est peccamineux celui qui commet des péchés !

— Mais alors on peut dire pécheur ou pécheresse à la place. C'est du pareil au même !

— Bien sûr que l'on peut ! Mais ce qui fait toute la richesse d'une langue, sa nitescence[24], c'est d'avoir à sa disposition plusieurs mots pour dire la même chose, à une toute petite nuance près ! C'est quoi la beauté d'un mot, selon toi ?

— Je ne sais pas, moi ! Je ne fais pas attention à ça.

— La beauté d'un mot, Thomas, c'est sa singularité, sa musicalité, sa rareté, sa résonance, sa consonance, sa couleur, son exotisme...

Perché sur son escabeau, il accompagne son discours de grands gestes désordonnés.

— Hé, du calme, vous allez tomber !

— Tu vois, je m'emporte et me perds en billevesées[25] tandis que le travail n'avance guère. Baille-moi[26] donc le livre que tu tiens là ! Voilà un bel exemple ! Bailler, sans accent circonflexe, veut tout

---

23. La tête, les méninges.
24. Clarté.
25. Balivernes.
26. Donne-moi.

28

simplement dire donner. Pourtant, quand je te dis *baille-moi*, ma phrase n'est-elle pas cent fois plus jolie que si je t'avais prosaïquement dit *donne-moi* ?

— La phrase est peut-être plus belle parce qu'on n'a pas l'habitude d'utiliser ce mot. Mais ça fait tout de suite pédant, aussi. Vous me voyez parler comme ça avec mes potes ? De quoi j'aurais l'air, moi ?

— Eh bien, justement, Thomas ! Imagine-toi la tête d'un de tes camarades si, au lieu de lui dire : « File-moi une clope », tu lui disais : « Baille-moi une cigarette, j'ai envie d'en pétuner[27] une ! » Ne ferais-tu pas là sensation ?

— Je me prendrais surtout un sacré pain dans la tronche, oui ! Le mec croirait que je me moque de lui !

— Il est vrai que parler ainsi t'exposerait à moult[28] brocards[29] !

Il est bien gentil, le père Pavot, mais il commence à me gonfler avec son histoire de sauvetage. Je n'ai qu'une hâte, moi, terminer de ranger ses bouquins et rappeler Mia pour savoir qui est ce type qui lui a gardé une place.

Je me demande si, en plus d'être barge, il ne lit pas dans mes pensées, Pavot.

---

27. Fumer.
28. Nombreux.
29. Moqueries.

— Mine de rien, le temps galope et si je ne veux pas voir rappliquer les argousins[30] pour esclavagisme, je me dois de te libérer. Nous avons bien avancé. Je pense que tu préférerais aller t'ébaudir[31] ailleurs qu'en compagnie de ma goguenardise[32]. Tu es en vacances, profites-en donc ! Allez, esbigne-toi[33], maintenant. À lundi !

Parce qu'il croit sans doute que je vais revenir lundi, lui ! J'ai déjà sacrifié une journée de mes vacances pour l'aider, mais faudrait pas que ça devienne une habitude, non plus !

---

30. Agents de police.
31. Se divertir.
32. Plaisanterie moqueuse.
33. Sauve-toi.

5

LA VIE N'EST PAS UN CONTE DE FÉES

Ma décision est prise. Il est bien gentil Pavot, mais ça suffit, quoi !

— Pourquoi, ça t'a fatigué ? s'inquiète ma mère.

— Non, c'est pas ça ! Il m'a juste pris la tête ! Vous savez ce que c'est, son truc à lui ?

— Non ? font-ils d'une seule voix.

— Lui et sa bande d'illuminés se sont mis en tête de protéger les mots qui disparaissent.

— Protéger les mots qui disparaissent ? répète ma mère. Mais c'est génial !

— Quelle belle idée, en effet ! approuve bien évidemment mon père.

— J'ai donc bien fait ! ajoute-t-elle.

— Bien fait quoi ?

— Ton père et moi l'avons croisé en rentrant des courses, figure-toi. Nous avons échangé quelques mots, et je l'ai invité à déjeuner demain midi.

— Oh non, maman, pas ça ! Il m'a pompé toute la journée, je t'assure. Ça va cinq minutes, quoi ! On ne comprend rien quand il parle.

— Comment ça ? demande mon père. Donne-moi un exemple !

— Si je te dis : « Ne fais pas le fesse-mathieu[34] et baille-moi le sel, manant[35] ! », qu'est-ce que tu me dirais ?

— Je te dirais que tu m'inquiètes sérieusement !

— Eh ben voilà comment il cause, ce type ! Vous allez drôlement vous marrer ! Mais ne comptez pas sur moi, en tout cas. Demain, je déjeunerai dehors.

— Thomas, fais un effort !

— Mais je ne fais que ça, des efforts, tout le temps ! Des efforts pour être aimable, des efforts pour être de bonne humeur, des efforts pour être serviable !

Voilà, je pète les plombs ! Ça me le fait, parfois. Et quand ça lui arrive, au gentil Thomas, tout le monde s'étonne.

Je roule jusqu'à ma chambre et ferme ma porte.

Je jette un œil à mon portable : aucun appel de Mia. Et pas d'e-mail, non plus.

---

34. Avare.
35. Paysan.

D'habitude, elle se débrouille pour m'envoyer un texto me disant qu'elle est bien arrivée… Mais là, rien…

Faut-il que je l'appelle, moi ?

Mia ne me quitte plus la tête. Je la vois dévaler les pentes neigeuses, le sourire aux lèvres… Tandis que moi, cloué dans mon fauteuil, je ne suis bon qu'à tenir compagnie à un doux dingue !

J'ai beau avoir la pêche et prendre les choses du bon côté, je connais aussi mes limites. Pas la peine de se faire des films. Mia ne sortira jamais avec moi… Faut absolument que je me fasse une raison, même si parfois j'en crève. Moi-même, avant, serais-je sorti avec une fille en fauteuil ? Le mieux pour moi serait bien sûr de rencontrer une princesse en carrosse, mais la vie n'est pas un conte de fées et, dans la réalité, les princesses ne roulent pas les rues.

Parfois, je me dis qu'un jour, sans doute, je n'aurai pas le choix et que je devrai finir par accepter de m'inscrire à un club de handicapés, si je ne veux pas finir vieux garçon ! Mais je n'en ai pas envie pour le moment. Quand je suis avec mes copains, j'oublie souvent mon handicap. Tant mieux. Ça me saoulerait d'y penser en permanence. Or, c'est forcément ce qui m'arriverait si j'en côtoyais d'autres. Ils me renverraient cette image de moi que j'essaie de ne pas voir.

Avant d'en arriver là, je peux tenter ma chance ailleurs, non ? Qui sait ? Je finirai bien par en trouver une que mon charme fera tellement craquer qu'elle ne verra même pas que je suis en fauteuil !

Quand je vous disais que je suis plutôt optimiste !

Pour en revenir à Mia, avec elle je ne me prends pas la tête ! On est dans la même classe depuis la sixième.

Quand je suis revenu au collège, le premier jour, après mon accident, j'étais encore drôlement mal, et quand elle s'était emparée des poignées de mon fauteuil, je n'avais pas pu m'empêcher de lui lancer :

— T'es pas obligée, tu sais. Je n'ai pas besoin de chauffeur.

— Je me doute, m'avait-elle répondu. Mais moi, ça me fait plaisir. Et arrête de te la jouer !

Un jour, l'ascenseur était en panne. J'ai beau habiter au premier, quand ça arrive, pour moi, c'est la cata ! Mes parents étaient déjà partis au boulot. J'étais sorti de chez moi, peinard, le matin, et j'avais appuyé sur le bouton… Et là… rien… Il ne se passait rien.

— Il est en panne ! m'avait prévenu alors Mme Verdun, une voisine du troisième, qui remontait en soufflant et suant comme un bœuf.

Cela voulait dire que je ne pourrais pas aller en cours. Du moins, pas sans l'aide de quelqu'un. Mais je voyais mal Mme Verdun nous porter, mon fauteuil

34

et moi, dans ses petits bras grassouillets ! Fou de rage, j'avais dû appeler Mia pour lui dire que je ne pourrais pas venir au collège tant que l'ascenseur ne serait pas réparé. J'avais vraiment eu du mal à empêcher ma voix de trembler. Bien sûr, il y en a qui auraient été trop contents d'avoir une aussi bonne excuse pour sécher les cours et qui n'en auraient certainement pas pleuré, mais moi, je suis comme ça ! J'aime aller au collège, et ce jour-là, donc, j'avais envie de chialer, tout simplement ! Ça arrive à tout le monde d'avoir envie de pleurer, non ?

Seulement voilà, vous ne connaissez pas Mia ! Ce n'est pas le genre de fille à se laisser abattre. Dix minutes plus tard, elle était là avec les quatre mecs les plus balèzes de la classe. Ils m'ont soulevé comme une plume, et vas-y que je te descende l'escalier, et tout ça en riant et plaisantant, comme si c'était tout à fait normal. Quand on s'était retrouvés seuls, Mia et moi, à peine avais-je ouvert la bouche qu'elle m'a dit :

— Bon, ça va, on ne va pas en faire un fromage, non plus !

Voilà, elle est comme ça, Mia ! Pas étonnant que j'en sois...

Joker !

6

C'EST MORTEL, LES VACANCES DE NOËL !

Maman ne tarde pas à venir gratter à ma porte.

— Laisse-moi ! J'ai envie d'être seul !

Son soupir, je n'ai pas besoin de l'entendre pour l'imaginer.

Mais je ne cède pas !

Je décide de regarder sur Internet au cas où un copain y traînerait et qu'il aurait envie de manger un hamburger demain avec moi.

Mais rien ! C'est mortel, les vacances de Noël !

Pas d'autre perspective que de déjeuner en compagnie de Pavot, le lendemain.

En général, quand j'ai trop le blues, rien de plus radical que de feuilleter un manga. Pourtant, curieusement, c'est le dico que je vais chercher tout en haut de mon étagère de livres scolaires. Ouais, le dico ! Ni plus ni moins ! À croire que, mine de rien, il a déjà réussi à me polluer la tête, le Pavot !

Je reconnais qu'il est plutôt sympa, ce type. Ouais... Barge, mais sympa !

Je m'allonge sur mon lit, le portable à portée de main, à portée de cœur surtout, et j'ouvre le dico à la lettre A.

Dès la première page, je tombe sur un mot étrange :

abasie : *impossibilité de marcher* (tiens, tiens) *d'origine hystérique*. (Ah ! ce n'est pas mon cas.)

abscons : *difficile à comprendre ; langage abscons*. (Oh, que je le trouve joli celui-là ! Je me vois déjà trop le sortir à M. Pavot...)

accointances : *relations familières*. (Joli aussi...)

accorte : *gracieuse, avenante*. (Celui-là me dit quelque chose... Oui, Pavot l'avait employé au sujet de Christina. Il avait dit : « Elle est accorte, je te l'accorde. »)

Je finis par m'endormir, mon dico dans les bras.

Au milieu de la nuit, il m'échappe et le bruit de sa chute me réveille. Sauf que ce n'est pas le milieu de la nuit, qu'il est déjà presque midi et que, vu le bruit transperçant la porte de ma chambre, ma mère doit s'affairer dans la cuisine pour mettre les petits plats dans les grands.

Je ne tarde pas à la rejoindre.

Elle me sourit. J'ai oublié que je l'avais quittée la

veille en faisant la tronche. Je suis comme ça. Mes colères sont des feux de paille. Je m'enflamme et puis… j'oublie.

— Tu sors ? me demande-t-elle, me voyant tout beau tout propre.

— Non, aucun de mes potes n'est disponible. Je reste.

— Écoute, Thomas…

— Ça va, maman ! Hier, je n'étais pas au mieux de ma forme. Mais c'est bon, là ! Alors, ne me prends pas la tête, s'il te plaît !

— Tu ne m'en veux plus d'avoir invité M. Pavot ?

— Non ! Vu comme je m'ennuie, il me distraira !

Elle se penche vers moi et m'embrasse. J'ai bien vu quelques larmes briller dans ses yeux mais elle s'est retournée pour me les cacher. Seulement, rien n'échappe à l'œil averti de Thomas !

— Pavot ne devrait pas tarder. C'est le genre de type à avoir une horloge à la place du cœur.

Effectivement, il sonne à la porte, les bras chargés d'une gerbe de fleurs.

— Chère madame, prenez donc ses fleurs avant que je ne ploie sous leur faix[36].

— Il ne fallait pas, monsieur Pavot ! Mais merci. Quel charmant bouquet !

---

36. Poids, fardeau.

Une demi-heure plus tard, mes parents sont suspendus aux lèvres du professeur, tandis que le gigot refroidit dans les assiettes.

— J'ai tout de suite vu que je n'avais pas affaire à un grimaud[37] ! leur dit-il à mon sujet.

Ils hochent la tête ! Pourtant, je suis sûr que ni l'un ni l'autre ne savent ce qu'est un grimaud !

Comme il fallait s'y attendre, la conversation ne tarde pas à tourner autour du sauvetage des mots.

Et voilà que, très vite, je me laisse embarquer dans son histoire.

Pourquoi ce type a ce pouvoir-là ?

Ça fait immédiatement tilt dans ma tête. C'est la passion qui l'anime ! C'est tout !

En ramenant ça à moi, je réalise qu'en fait, si moi aussi j'aime plein de choses, si je m'intéresse également à un tas de trucs, je n'ai pas de réelle passion, rien qui me mette vraiment en transe, quoi ! Voilà ce qui me manque, sans doute. La passion !

Alors, tout à coup, j'ai envie de m'embarquer dans un gros délire. Et pourquoi pas dans celui de Pavot ? Qui dit que ça ne m'éclaterait pas, son truc ?

— Mais ne pensez-vous pas qu'il est tout à fait normal qu'une langue évolue ? demande papa à ce moment-là. Si l'on abandonne l'usage de certains

_____

37. Élève ignorant.

mots, c'est aussi parce que d'autres, plus… vivants, plus parlants peut-être, voient le jour.

— Vous avez raison, cher monsieur ! Mon but, et celui des membres de notre confrérie, n'est pas de figer la langue ! Que nenni ! L'apport de mots nouveaux est extrêmement important. Mais pourquoi celui-ci ne pourrait-il se faire qu'au détriment de leurs aînés ? Que d'ingratitude !

Il est presque trois heures quand nous quittons la table.

— Je ne te dis pas à demain, Thomas ! me fait Pavot en prenant congé. Je comprends parfaitement que tu aies, à ton âge, mieux à faire de tes vacances. Nous avons très bien avancé, hier, et je te remercie de ton aide…

— Mais non ! Je viendrai…

Mes parents me regardent, interloqués.

— Ça tombe bien ! Je n'ai rien de spécial à faire, demain.

La SPDM

Le lendemain matin, c'est Pavot qui vient toquer à ma porte.

— Me voilà quelque peu matutinal[38], Thomas, et je te prie de m'en excuser, mais j'ai une réunion à la SPDM, ce matin, et je me suis dit que tu pourrais m'y accompagner !

— Pas de souci. Je vous suis. Mais c'est quoi la SPDM ?

Tandis que nous passons devant la loge de Christina qui nous adresse le plus beau de ses sourires, Pavot m'explique :

— C'est la Société protectrice des mots, dont je suis le président. Régulièrement, nous nous réunissons pour faire le point sur nos différentes actions en faveur de la sauvegarde des mots en péril.

---

38. Matinal.

Je connaissais la SPA, mais la SPDM, c'est trop fort !

— Te voilà à quia[39] !

— À quoi ?

— Réduit au silence. Tu me prends sans doute pour un illuminé !

— Oh, non…

— Je peux comprendre ton étonnement. Tu es très jeune, mais tu n'as rien d'un béjaune[40]. Tu es un garçon intelligent et je suis ravi de te voir assister à cette assemblée sapientale[41]. Tu seras surpris ! Notre confrérie n'a rien d'un ramassis de vieux croûtons. Si la présence d'un nouveau jouvenceau[42] sera la bienvenue, tu ne seras pas le seul teen-ager. Nous sommes arrivés !

La boutique est plutôt sombre et poussiéreuse. J'ai dû passer des centaines de fois devant sa vitrine sans même y faire attention.

— Ce lieu, notre repaire, a tout du sanctuaire, me dit Pavot en poussant la porte carillonnante. Normal, me diras-tu, pour des mots près de l'ensevelissement ! Toutefois, tu verras que nous nous y amusons beaucoup et que nos réunions ne ressemblent

---

39. Réduit au silence.
40. Naïf.
41. Assemblée de sages.
42. Jeune homme.

en rien à une cérémonie funèbre, ou à une séance de notre prestigieuse Académie.

Effectivement, ça rit fort dans l'arrière-boutique. Un petit gros accourt à notre rencontre.

— Voici Isidore, le maître de céans.

— Le maître de quoi ?

— Le libraire, si tu préfères. Un ami, un fidèle. Isidore, voici Thomas.

— Bienvenue à la SPDM, Thomas !

— Bonjour ! lance ensuite Bertrand à la ronde. Je vous amène un hôte de marque, Thomas, mon jeune voisin, que notre action pourrait intéresser, pour peu que nous la lui présentions de manière intelligente.

Un groupe de jeunes, filles et garçons, s'approche aussitôt de moi et m'entoure. Parmi eux, et je n'en crois pas mes yeux, Mathieu, un type de ma classe, un type plutôt bizarre à qui je n'ai jamais adressé la parole.

Il me tend la main, pourtant, en me faisant une grimace qui doit être un sourire.

— Qu'est-ce tu fous là ? me demande-t-il.

— Pavot est mon nouveau voisin, figure-toi. C'est lui qui m'a emmené ici.

— Tu veux faire partie de la SPDM ?

— Je ne sais pas trop. Faut voir. T'en fais partie, toi ?

— Ouais… Ça t'étonne ?

— Oui… enfin, non, je ne sais pas. Je ne te connais pas vraiment… Je crois même que c'est la première fois qu'on se parle, tous les deux.

— Ouais, ça se peut bien. En général, je préfère écrire !

— Écrire ?

— Oui, je fais du slam.

— Ah oui ? Et ça te sert à quoi, exactement ?

— J'ai toujours aimé écrire, mais j'écrivais juste pour moi, tu vois ? Le slam, c'est tout le contraire, c'est le partage des mots, du plaisir de les entendre, les tiens et ceux des autres.

— Mais faut quand même avoir des choses à raconter, avoir vécu des trucs, non ?

— Ouais ! Mais qui n'a rien à raconter ? Qui n'a rien vécu ? Toi, par exemple ? Tu n'as rien…

— Silence ! nous interrompt Pavot.

Je reste à côté de Mathieu.

— Messieurs, lors de notre dernière réunion, nous étions convenus que chacun d'entre nous réfléchirait à une stratégie de sauvetage de nos mots en péril. J'écoute donc vos propositions.

Un homme, dont la petite tête disparaît derrière un énorme nœud pap', se lève.

— De quoi s'agit-il, mes amis ? De sauvegarder des mots, de faire en sorte qu'ils ne sombrent pas dans l'oubli ! Alors, choisissons chacun un mot, un seul. Notre association regroupe à ce jour quatre-vingt-dix-neuf membres. Ce qui ferait donc quatre-vingt-dix-neuf mots. Une fois ceux-ci hors de danger, nous en choisirons derechef[43] quatre-vingt-dix-neuf autres… Et peut-être que d'ici là nous serons plus nombreux… Ce serait bath[44], ça, non ?

— Mais comment faire pour les sauver ? demande Mathieu.

— En les utilisant ! Ou plutôt en les réutilisant. Il s'agirait de réintroduire ces mots dans le langage, tout simplement ! On adopte un mot, et on l'utilise à tire-larigot chez la boulangère, la poissonnière, qui le resserviront à leurs clients… Et le tour sera joué !

— C'est une excellente idée, cher Philibert ! approuve M. Pavot. Qu'en pensez-vous ? Qui est pour ?

Les mains se lèvent.

— Tu ne lèves pas la tienne ? me chuchote Mathieu.

— Je ne suis pas membre.

— Pas grave ! Tu sais, ici, rien de formel. Ce n'est pas un truc politique avec carte de membre et tout ça !

Ma moue ne lui échappe pas.

---

43. De nouveau.
44. Super, cool.

— Tu n'as pas l'air convaincu !

— C'est pas ça… Mais vous êtes en plein rêve !

— Possible… Bien sûr qu'à nous entendre, on nous prend pour des dingues, mais je trouve qu'il y a une vraie grandeur à défendre un truc complètement utopique.

Je regarde Mathieu, surpris. Il m'épate, ce type.

— T'as peut-être raison… C'est vrai que c'est beau de rêver…

— Il n'y a pas de temps à perdre ! s'exclame une dame que j'avais d'abord prise pour un homme. Nous allons pouvoir d'ores et déjà établir une première liste. Mathieu, au tableau !

Mathieu se dirige vers un *paper-board*. C'est fou comme il a l'air à l'aise ! Je n'arrive pas trop à comprendre ce que ce mec fait ici. Et moi, d'ailleurs ? Qu'est-ce que je fiche là ? Je pourrais partir… Je n'y arrive pas. Il y a quelque chose… Et ça refait tilt dans ma tête, comme hier : la passion ! C'est la passion qui réunit ces gens. La même passion pour Mathieu, Pavot et les autres. Et comme hier, j'ai envie de me laisser prendre, moi aussi…

— Que chacun donc propose pour l'instant un mot et un seul ! précise Pavot.

Je ne vous dis pas la cacophonie ! Ils parlent tous ensemble, lèvent le doigt comme des gamins, rient, trépignent…

Mais Mathieu sait y faire :

— Oh ! on se calme ! Pas tous à la fois ! Faut me laisser le temps d'écrire, OK ?

Les mots inconnus fusent :

— Faquin[45]…

— Robin[46]…

— Septentrion[47]…

— Ah non, c'est le mien, septentrion !

— Pas du tout…

Pavot doit intervenir :

— Allons, messieurs, ne vous disputez pas ! Choisissez un autre mot, Philippe.

— Soit, je m'incline, je prendrai patache[48], mais il n'empêche que septentrion…

— Moi, j'hésite entre atour[49] et hommasse[50] ! s'esclaffe Claude, celle que j'avais prise pour un homme, justement !

— Euh… Ce sera momerie[51] pour moi.

— Et moi, fortifs[52] ! déclare Isidore. Il me plaît bien celui-là !

---

45. Coquin.
46. Homme de loi peu enclin à l'indulgence.
47. Le nord.
48. Voiture inconfortable.
49. Parure, toilette.
50. Masculine.
51. Travestissement de la vérité.
52. Fortifications.

— Mais comment l'utiliseras-tu ? Il y a belle lurette que les fortifications de Paris ont été démantelées…

Et ça rit de nouveau à gorge déployée.

Puis ils continuent : caraco[53], ce qui m'étonne vu que ma mère utilise encore ce mot, cagoterie[54], goualante[55], turlutaine[56] ! Puis cautèle[57], chemineau[58] (que moi, j'aurais bien entendu écrit cheminot), déduit[59], nasarde[60] (où j'aurais mis un z, pensant que ça venait de naze), capon[61], étalier[62], priapée[63], trotte-menu[64], radeuse[65]…

Ils sont déchaînés ! Un vrai délire.

Et voilà que c'est moi qui m'exclame :

— Moi aussi, j'ai un mot à sauver !

Je vous décris la scène :

Silence mortel !

Bertrand me regarde, ému, alors que cent quatre-vingt-dix-huit yeux se braquent sur moi.

---

53. Pièce de lingerie féminine.
54. Bigoterie mensongère.
55. Chanson populaire.
56. Refrain, ritournelle.
57. Prudence rusée.
58. Vagabond.
59. Ébat amoureux.
60. Chiquenaude.
61. Poltron.
62. Commerçant tenant un étal de boucherie.
63. Tableau obscène.
64. Qui avance à petits pas.
65. Prostituée.

— Vas-y, petit, lance-toi ! m'encourage-t-il, tandis que Mathieu m'adresse un clin d'œil complice.

— Mais il ne fait pas partie de l'association ! intervient un grincheux.

— Qu'à cela ne tienne ! Son mot, s'il est accepté, lui tiendra de droit d'entrée, proteste le président.

— Que va-t-il nous sortir ? se moque quelqu'un. Che-lou, zar-bi, keuf ?

Je hausse les épaules.

Bertrand me fait signe de me lancer. Le groupe de jeunes se masse derrière moi, solidarité oblige !

— J'ai choisi...

Ils sont tous là, suspendus à mes lèvres...

— J'ai choisi...

Je fais durer le plaisir.

— ...Abscons ! que je lâche enfin en insistant bien sur la deuxième syllabe.

— Pourquoi il nous traite de cons ? demande un dur de la feuille.

— Adjugé ! Abscons sera le centième mot ! décrète le président.

8

L'ADOPTION EST UNE CHOSE GRAVE

— Et voilà ! se réjouit Mathieu. Tu es donc des nôtres ! Si je peux te faire un aveu, ça fait longtemps que j'avais envie de te parler.

— Pourquoi tu ne l'as jamais fait, alors ?

Mathieu regarde mon fauteuil et je comprends.

— Tu n'osais pas ?

— Non, ça me faisait peur… C'est complètement crétin, mais je pensais qu'il faudrait que je fasse toujours attention à ce que je dis…

— Mais pourquoi ?

— Pour ne pas te blesser… D'accord, c'est débile…

— Non… Ça fait ça à tout le monde… Ce qui est fou, c'est que la plupart des gens croient que si l'on est dans un fauteuil roulant, on est forcément débile. Bon, il y en a des débiles en fauteuil, mais ni plus ni moins que des débiles en jambes !

Il éclate de rire en me tapant sur l'épaule :

— Je crois que je vais adorer être ton pote.

— Marché conclu ! je lui lance alors qu'il s'éloigne en m'adressant un signe de la tête.

— Attends, Mathieu, ne te sauve pas ! Tu restes dans les parages pendant les vacances ?

— Ouais.

— On pourrait se voir ? Ça m'intéresse ton truc de slam. J'aimerais bien t'entendre.

— C'est quand tu veux ! Je te fais signe. À plus, Thomas.

— À plus, alors !

Tandis que je regarde Mathieu s'éloigner, M. Pavot me rejoint.

— Je vois que le courant passe…

— Oui… Mathieu et moi, on est dans la même classe depuis la sixième et c'est la première fois que je lui adresse la parole ! Faut dire qu'il se tient toujours un peu à l'écart. C'est drôle… il nous a suffi pourtant d'à peine quelques mots pour devenir amis. Il m'a dit qu'il fait du slam… Vous l'avez déjà entendu, vous ?

— Pour le puriste que je suis, le slam n'est pas ce que je préfère, mais j'avoue qu'il se défend bien ! Il a une jolie plume et une belle façon de déclamer. Je suis certain que tu vas adorer ça ! Bon, il est temps de rentrer.

Après avoir salué à la ronde, nous sortons de la librairie.

— Je suis vraiment content que tu te sois joint à nous, Thomas, me confie Pavot sur le chemin du retour. Mais revenons à ton nouveau rôle de parrain. L'adoption est une chose grave, tu sais ! Subséquemment[66], il te faudra prendre ton rôle au sérieux !

— Pas de souci ! Je ferai de mon mieux. Au fait, je ne me souviens plus de votre mot, à vous !

— Torche-cul[67], ne vous déplaise, jeune prince !

— Raté ! Torche-cul est bien vivant ! J'avais un prof de maths l'année dernière qui appelait toujours nos contrôles des torche-culs !

— Vraiment ? Cet homme mérite qu'on lui délivre la médaille d'honneur de la SPDM ! Tu vois, c'est ça le sauvetage des mots ! Faisons un calcul. Disons qu'en trente ans d'enseignement, ce prof aura vu défiler en gros quelque cinq mille élèves à qui il aura transmis ce mot, et qui eux-mêmes le transmettront à leurs proches, leurs copains, etc. Et le tour est joué.

— Joué, joué… Franchement, monsieur Pavot, je ne voudrais pas vous vexer, mais parmi les mots choisis ce matin, il y en a vraiment qui sont inutilisables !

— Je sais… Et encore, on n'en a choisi que cent. Il y en a plein d'autres qui me tiennent à cœur. Ainsi, sais-tu ce qu'est un vit[68] ?

---

66. En conséquence.
67. Papier toilette.
68. Pénis.

— Non !

— C'est un synonyme de ce que tu as entre les jambes.

— Il y a déjà plein de mots pour désigner ça !

— Exact, il sera donc d'autant plus difficile à sauver ! C'est le cas aussi pour rastaquouère[69] ! Ça a toujours été un mot péjoratif, car chargé de xénophobie, mais, mâtin[70] ! quelle richesse en bouche ! Dis-le voir, juste pour le plaisir ! Rastaquouère !

— Rastaquouère !

— C'est-y pas beau, ça ! Il y a pauvresse[71], aussi. C'est joli, pauvresse, non ?

— Pauvresse aussi on l'utilise encore !

— Non, on dit la pauvre. La pauvresse désigne la personne indigente, sans le sou. On a remplacé ce terme par mendiante. Mais le plus beau de tous, mon préféré est sans conteste... suivez-moi-jeune-homme.

— Où ?

— Comment où ?

— Oui, vous voulez que je vous suive où ?

Il éclate de rire.

— Mais nulle part, du moins pas moi ! Ce suivez-moi-jeune-homme est un terme désignant les

———————————

69. Étranger.
70. Interjection marquant l'étonnement.
71. Femme pauvre.

rubans qui ornaient les chapeaux des dames et qui, de par leur flottement gracieux au vent, invitaient les jeunes gens à les suivre. Mais nous voilà arrivés ! Si nous allions casser la croûte, avant toute chose ?

Alors que nous attendons l'ascenseur, Christina sort de sa loge.

— Monsieur Pavot, il y a une dame qui est venue vous rendre visite. Elle semblait déçue par votre absence.

Le visage de Bertrand s'assombrit immédiatement.

— Une jeune dame, assez jolie et élégante ? demande-t-il en fronçant les sourcils.

— Oui, jeune et jolie !

— Elle a laissé un message ?

— Non, elle a juste dit qu'elle reviendrait.

— Qu'elle reviendrait quand ?

— Elle ne l'a pas précisé.

— Bon, Christina, puis-je vous demander un service ?

— Bien sûr, monsieur.

— Quand cette jeune dame reviendra, vous lui direz que je suis sorti, voilà ! Je vous remercie.

Quand l'ascenseur arrive, il s'y engouffre en bougonnant.

Je brûle bien sûr d'envie de le questionner.

— Sens-tu ce parfum aux notes melliflues[72] ? me demande-t-il brusquement.

Je sens bien un parfum sucré flotter dans l'air, mais le sens des notes melliflues m'échappe.

— C'est le sien, celui de Léonore.

Puis il se tait.

Qui donc est la mystérieuse Léonore ?

Une fois chez lui, tandis qu'il prépare à déjeuner, une envie pressante me prend.

— Monsieur Pavot, je dois aller…

— Ne te gêne pas ! Tu connais le chemin ! Nos appartements sont identiques…

Il se tait un instant, puis reprend :

— Thomas, si tu as besoin d'aide, tu me dis…

Je ris, un peu gêné…

— Ne vous inquiétez pas ! J'y arrive tout seul. Je suis complètement autonome dans ce domaine-là !

— Parfait. Alors, je m'attaque à l'omelette. Tu m'en diras d'ailleurs des nouvelles !

---

72. Sucrées, qui ont la suavité du miel.

9

LE CHAMPION DE L'OMELETTE

— C'est vrai que vous êtes le champion de l'omelette !

— Il ne suffit pas de casser des œufs pour faire une bonne omelette. C'est tout un art, mon ami, que d'arriver à ce qu'elle soit goûteuse, ni trop baveuse ni trop sèche, modestement parfumée… Mais si nous parlions un peu de toi. Je ne veux pas être indiscret, et n'hésite pas à éluder les questions auxquelles tu n'as pas envie de répondre, d'accord ?

— Ça roule !

— Tu as une amie ?

— Elle s'appelle Mia.

— Mia ? C'est joli ! Ça veut dire mienne.

— Ouais ! Mais elle n'est pas à moi, Mia ! C'est juste une amie, sans plus !

— Sans plus ?

— Forcément !

— Pourquoi, forcément ?

— Ben, regardez-moi ! Au cas où vous ne l'auriez pas remarqué, j'ai un handicap certain !

— Cesse de dire des carabistouilles[73] ! As-tu déjà jeté ta gourme[74] ?

— Jeté quoi ?

— En d'autres mots, as-tu déjà eu une aventure ?

Il est gonflé le père Pavot, à me poser des questions que même mon propre père n'aurait jamais osé aborder.

Même que j'en rougis !

— Excuse-moi ! J'outrepasse la bienséance !

— Non, c'est bon ! Non, je n'ai jamais… Mais, puisqu'on en est aux confidences, mon cher Bertrand, qui est cette jeune femme dont la visite vous contrarie autant ?

C'est à son tour de se renfrogner.

— C'est de bonne guerre ! me répond-il au bout d'un moment. Il s'agit de Léonore, ma fille. Nous sommes fâchés. Enfin, c'est surtout moi qui suis fâché. Elle m'a joué un bien sale tour, la pendarde[75] ! Je suis veuf. J'ai perdu ma femme valétudinaire[76] alors que Léonore n'était qu'un bébé. Du coup, je l'ai élevée seul, la petite, refusant de me remarier. Bon,

---

73. Bêtises.
74. Jeter sa gourme : s'émanciper, commettre ses premières frasques.
75. Pendard : vaurien.
76. Personne souffrante.

57

je ne suis pas un moine et j'ai bien couru la gueuse[77], çà et là, mais je n'ai jamais introduit chez moi la moindre gourgandine[78], me dévouant corps et âme à ma princesse. L'homme qu'elle s'est choisi pour mari n'était pas de mon goût. Un gommeux[79], un gandin[80], un flambard[81], un ruffian[82]. Bref, rien d'autre qu'un grand flandrin[83] doublé d'un jean-foutre[84] de la pire espèce ! Mais ma péronnelle[85] de fille s'était entichée de lui et n'a rien voulu entendre… Ils se sont mariés. Oh, elle ne manquait pas de venir m'embrasser de temps à autre. Je ne peux pas lui en faire le reproche. Je n'avais qu'une hâte, cependant, qu'elle me donnât des petits-enfants ! J'attendais, j'attendais… Macache[86] ! Et voilà que Léonore, interrogée, m'annonce tout bonnement que son tranche-montagne[87] n'a que du jus de carotte dans les génitoires[88]…

Pas évident à suivre, le Bertrand ! Au mot à mot, c'est même plutôt *hard* ! Mais je commence à

---

77. Misérable.
78. Femme légère.
79. Jeune homme à la mise ridicule.
80. Jeune homme à la mise précieuse.
81. Fanfaron.
82. Aventurier.
83. Grand dadais.
84. Je-m'en-foutiste.
85. Jeune fille sotte.
86. Rien du tout.
87. Fieffé menteur.
88. Testicules.

m'habituer à son langage. Quant à son expression
« jus de carotte dans les génitoires », je l'adore !

— Et c'est pour ça que vous êtes fâchés ?

— Que nenni ! Je ne suis pas homme à me brouiller
pour des vétilles[89]. Surtout avec ma propre fille.
Récemment, j'ai été pris par une mauvaise bronchite
qui m'avait épuisé. Léonore me proposa de m'installer chez elle. Quelques jours en compagnie de ma fille,
à me faire chouchouter par elle, n'étaient pas pour me
déplaire, même si je savais que cela impliquait qu'il
me faudrait supporter du coup mon gendre ! Ah fi[90] !
Cette seule idée me soulevait le cœur ! Et voilà qu'un
soir, je surpris une conversation animée entre
Léonore et son mari. Il y était question de vente
d'appartement, d'argent à récupérer. Je n'arrivais à
saisir que quelques mots épars et j'avais donc, dans
un premier temps, du mal à comprendre le sens de
leurs propos. Mais quand jaillirent les termes « maison de retraite » et « sénile », je compris brusquement qu'il ne pouvait s'agir que de moi. Mon sang ne
fit qu'un tour. Ma fille et son purotin[91] de mari me
prenaient-ils pour un jocrisse[92] ? Elle entendait profiter de mon séjour pour me convaincre de vendre

---

89. Choses sans importance.
90. Fi ! : interjection exprimant le dégoût.
91. Personne fauchée.
92. Naïf, bon garçon.

mon appartement et d'aller finir mes jours à l'hospice ! Dès le lendemain matin, ma décision était prise. Ce tire-laine[93] n'aurait pas un sou ! Je rentrai chez moi et demandai à mon notaire de passer me voir pour régler quelque urgente affaire. À Léonore, je refusai d'ouvrir la porte quand elle vint y toquer. Elle eut beau chuchoter des explications à travers l'huis[94], je la renvoyai à ses pénates, vendis l'appartement qu'ils convoitaient et vins m'installer dans celui-ci, qui appartenait à mon épouse. Le locataire venait de résilier son bail. Ça tombait bien !

On a alors frappé à la porte.

— Papa, ouvre-moi ! Je sais que tu es là. Je t'ai vu arriver. Pourquoi t'opiniâtres-tu[95] de la sorte ? Écoute au moins ce que j'ai à te dire...

— Je vais vous laisser, Bertrand ! Je ne veux pas me mêler de vos affaires, mais si j'étais vous, je l'écouterais quand même, votre fille !

Je me suis dirigé vers la porte, hésitant toutefois à l'ouvrir. Mais Bertrand m'a alors adressé un signe de tête approbateur. J'ai ouvert et Léonore s'est effacée pour me laisser passer.

Dans l'ascenseur flottait encore son parfum.

---

93. Voleur.
94. Porte, entrée.
95. S'opiniâtrer : s'entêter.

10

VOTRE FILS NE MARCHERA PLUS

Arrivé chez moi, je me précipite sur ma messagerie, mais sans illusions…

« Vous avez un nouveau message », m'indique pourtant mon serveur.

Mia ! Pas trop tôt !

« TOTO, JTE 2MANDE PA 6 TU KIFFES T VACANCES.

MOA JM'ECLATE. JORÉ 1 TA DCHOSES A TRACONTER, KISS »

Un tas de choses à me raconter, en langage Mia, ça veut dire qu'elle est tombée amoureuse !

Aucune envie donc de répondre à son mail.

Mais soudain, j'ai une idée. Pas une idée très brillante, mais bon…

De : thomas@free.fr

À : mia@yahoo.fr

« T1 QUIÈTE MAMIA, JKIFFE OCI, RENCONTRÉ QQ1. KISS »

Ben quoi, c'est vrai, non ! Je ne mens pas !

61

Et pour me changer les idées, je décide de me rancarder sur le slam.

Quelques clics plus tard, je suis littéralement happé par une longue silhouette noire appuyée sur une canne, un slameur dont les mots en lame de rasoir me vont droit au cœur. À croire que c'est pour moi qu'il les a écrits.

Plus de Pavot, plus de Mia, plus de Mathieu, juste ses mots à lui :

Le choc n'a duré qu'une seconde,
Mais ses ondes ne laissent personne indifférent.
« Votre fils ne marchera plus », voilà ce qu'ils ont dit à
mes parents. (...)
Et puis, plus loin :
(...) Il porte un nom qui fait peur ou qui dérange : les
handicapés.
On met du temps à accepter ce mot, c'est lui qui finit par
*s'imposer...**

Quand le téléphone sonne, je sursaute.

— Tu l'as rencontrée où ?

C'est Mia. J'ai du mal à reconnaître sa voix, son ton. Que se passe-t-il ? Est-ce que...

— Oh, Mia ! Attends, qu'est-ce qui te prend ? Je l'ai

_____

* Extrait de *6e Sens*, de Grand Corps Malade.

62

rencontré, chez moi, dans mon immeuble… où…
cette personne vient d'emménager.

— Qu'est-ce qu'il y a, Thomas ? Tu parles che-lou.

— Euh… non, c'est que je ne m'attendais pas à ton
appel.

— Écoute, j'ai halluciné quand j'ai lu ton mail. Elle
s'appelle comment ?

— Euh… B… Bianca.

Là, je sais que je m'enfonce, mais c'est plus fort
que moi.

Mia crie dans le combiné car il y a du bruit autour
d'elle.

— Tu es où, là ?

— Dans un café, il s'est mis à neiger grave ! On ne
voyait plus rien ! On s'est tous entassés ici. Elle a
quel âge ?

— Seize ans…

Et j'en remets une couche. Le délire total !

— Mais elle est vieille !

Elle ne croit pas si bien dire !

— Pas tant que ça !

— Et tu la kiffes ?

— Ouais, vachement, on s'éclate… Attends, on
sonne à la porte !

C'est Bertrand à qui je fais signe de se taire !

— Bon, Mia, faut que je te laisse là… À plus !

Et je raccroche !

63

— Te voilà dans un drôle d'état, mon ami !

— Quelle embrouille !

— De quoi s'agit-il ?

— J'ai cru intelligent de faire croire à Mia que j'avais rencontré quelqu'un. Au début, ce n'était pas faux. Je vous ai bien rencontré… Seulement, après, je lui ai dit que vous étiez une fille de seize ans qui s'appelle Bianca !

J'avais déjà entendu rire Bertrand, mais jamais comme ça ! Même que je dois lui apporter un verre d'eau.

— Tu me vois extrêmement flatté ! Je trouve que le prénom de Bianca me sied[96] à merveille. Et comment a-t-elle réagi ?

— Ben, je crois qu'elle est jalouse !

— Drôlement bath ! Tu vois que tu faisais fausse route ! D'où tenais-tu qu'elle ne sortirait jamais avec toi ?

— Pour moi c'est évident ! Elle est canon, cette fille ! Je ne vous dis pas le nombre de mecs qui tournent autour d'elle !

— Oui, elle a sans doute tous les garçons qu'elle veut, sauf celui auquel elle tient le plus ! As-tu déjà tenté quelque chose ? T'aurait-elle repoussé ?

— Mais non, Bertrand ! J'aurais eu trop peur de me

---

96. Sied (seoir, à l'infinitif) : va bien.

prendre un râteau ! C'est un top-modèle, Mia ! Vous avez déjà vu, vous, un top-modèle sortir avec un handicapé ?

— Oh que oui ! Que tu aies la venette[97] est une chose normale ! Mais qui ne tente rien n'a rien ! Continue donc pour le moment, tant qu'elle est loin, d'entretenir sa jalousie. Attise-la, même !

— Comment ça ?

— Je suis sûr qu'elle va te rappeler... Tiens, qu'est-ce que je te disais ?

C'est bien elle ! J'hallucine complètement.

— Eh, depuis quand tu me raccroches au nez ?

— Je t'entendais mal, Mia ! T'es plus dans le café ?

— Non, je suis sortie car je ne suis pas sûre d'avoir bien compris. Je suis dehors sous la neige à me peler grave ! Alors tu disais que t'as rencontré une fille de seize ans qui s'appelle Bianca et que tu t'éclates avec elle ? C'est ça ?

— Oui, t'es contente pour moi au moins ?

Là, je marque un sacré point !

Bertrand approuve de la tête.

— ...

— Mia ?

— ...

— Elle a raccroché !

---

97. Peur.

— Alors, te faut-il d'autres preuves ?

— Je ne le crois pas ! Mia amoureuse de moi ?

Je me sens flotter sur un petit nuage.

— Il me plaît de te voir si heureux… Je le suis moi aussi, grâce à toi. Je voulais te remercier, Thomas.

— Me remercier, moi, mais de quoi ?

— Sur tes conseils, je me suis rabiboché avec ma fille. Je reconnais avoir agi de manière absurde et hâtive. J'aurais dû accepter d'écouter ce qu'elle avait à me dire. Je me serais épargné ainsi la douleur de croire qu'elle avait prémédité son coup. Mais en fait, il s'agissait d'une idée… enfin, Léonore a utilisé le mot *suggestion*, une suggestion, donc, de son époux qu'elle a d'emblée rejetée, la trouvant ignominieuse. Je lui ai alors présenté des excuses. Et voilà qu'elle m'a avoué que le torchon brûlait entre elle et son époux depuis, mais qu'elle n'avait pas osé me le dire, la chère petite ! Elle pensait donc le quitter, ni plus ni moins ! Cela ne m'a pas fait plaisir pour autant ! Je pensais qu'elle était heureuse, moi ! Et c'est tout ce que je souhaite, son bonheur ! Elle a certes reconnu qu'elle aurait dû suivre mes conseils, ne pas s'amouracher du premier pékin[98] venu, etc. Enfin, je peux dire que tout est bien qui finit bien…

---

98. Homme quelconque.

Ses yeux pétillent de bonheur et je ne suis pas peu fier d'avoir contribué à leur réconciliation. Car moi aussi, je lui dois une sacrée chandelle à Bertrand !

Le lendemain, je fais la connaissance de Léonore.

— Grâce à toi, mon père a rajeuni de dix ans ! me souffle-t-elle à l'oreille, tandis que son père, enfermé dans la cuisine, nous concocte un repas dont l'odeur me chatouille les narines.

Elle me dépose un baiser sur la joue et je me demande si c'est le parfum qui s'échappe de la cuisine ou le sien qui me tourne subitement la tête !

Pendant le déjeuner, nous papotons tous les trois comme de vieux copains.

— Tu vois, Léo, Thomas a des doutes à propos des sentiments d'une jeune fille de sa classe à son encontre. Il pense que du fait qu'il soit en fauteuil, rien n'est possible, alors que celle-ci écume de jalousie, persuadée qu'il passe ses journées en compagnie d'une ravissante blonde de seize ans prénommée Bianca !

Léonore rit.

— Tu es encore très jeune, et il n'est pas dit que tu feras ta vie avec cette jeune fille, mais si tu ne tentes pas ta chance, tu le regretteras à coup sûr. C'est en marchant qu'on apprend à tomber !

— Merci, Léonore, mais pour moi, c'est déjà fait !

— De quoi ?

Elle me regarde sans comprendre pourquoi Bertrand s'étouffe de rire dans sa serviette, et soudain vire au rouge pivoine.

— Oh, je suis désolée, Thomas ! Excuse-moi, je suis si maladroite. Je ne voulais pas te faire de peine.

Elle se lève et me serre dans ses bras, et là, je peux vous assurer que je sais faire la différence : ce n'est pas le parfum de la cuisine qui manque de me faire tomber en syncope !

11

MADEMOISELLE BLONDIN, C'EST QUELQUE CHOSE !

Mathieu m'a donné rendez-vous dans un bar du quartier. Mes parents n'étaient pas chauds pour que je sorte comme ça tout seul, le soir. Mais quand je leur ai dit que Pavot connaît Mathieu qui fait partie de la SPDM, ils n'y ont plus vu d'objection.

À peine le seuil franchi, je l'aperçois qui me fait signe.

Il y a beaucoup de monde, ici. Des jeunes surtout.

Mathieu s'empare des poignées de mon fauteuil et nous fraie un passage en criant :

— Attention, chaud devant !

Il me conduit dans l'arrière-salle. Dans la lumière tamisée, un type déclame son texte.

— Ça va être bientôt mon tour ! me souffle Mathieu à l'oreille en m'installant dans un coin. J'y vais, mais je reviens tout de suite après.

Il monte alors sur un petit podium tandis que des

69

applaudissements fusent. Je me dis qu'il doit être connu et apprécié.

Je comprends vite pourquoi. Les mots de Mathieu me déchirent tout comme m'ont déchiré ceux de Grand Corps Malade, dont j'ai lu tous les textes trouvés sur le Net.

Jusqu'à présent, j'étais plutôt branché rap, mais là, rien à voir. Une voix de velours, des mots qui glissent sans s'entrechoquer, accompagnés par quelques petites notes de piano, des mots si ajustés qu'ils me déchirent !

Mais c'est déjà fini. Mathieu salue d'un signe de tête, sourit. Il est plutôt beau gosse, il devrait juste dégager cette frange qui lui mange les yeux.

Dire que j'ai failli passer à côté de ce mec !

— Viens ! Je t'offre un pot, propose-t-il en me rejoignant.

Il me conduit vers le bar.

— Alors, tu aimes ? me demande-t-il.

— Tu m'as scotché !

— T'avais jamais entendu du slam avant ?

— Si, un petit peu… Sur Internet, je suis tombé sur un texte de Grand Corps Malade…

— Mon maître !

— J'ai adoré. Mais j'adore aussi le tien… Blondin, elle sait que tu écris ?

— La prof ? Non, mais rappelle-toi que je suis plutôt balèze en français : j'ai toujours les meilleures notes. Ce que j'aime, c'est jouer avec les mots, c'est complètement jouissif. Parfois, je me dis que je suis un général aux commandes d'une armée forte de centaines de milliers de mots qui tous m'obéissent. J'en fais ce que je veux, tu comprends ? La langue, c'est l'outil le plus puissant qui existe ! Quand tu la possèdes, t'es le roi, tu détiens les clés du royaume ! Mais en parlant de Blondin, justement, tu as trouvé une idée pour le projet de la rentrée ?

— Non, rien. Et toi ?

— Pas plus. Reconnais que c'est dur, aussi.

— C'est vrai, mais qu'est-ce qu'on ne ferait pas pour les beaux yeux de la prof la plus canon de la terre ?

On se met à rire de bon cœur. Faut dire que Mlle Blondin, c'est quelque chose ! Jamais je n'ai eu de prof plus jolie que celle-là ! C'est simple, quand elle entre dans la classe, Mlle Blondin, on est tous tellement occupés à l'admirer que personne ne pense à mettre le foutoir. Du coup, on l'écoute. Elle pourrait nous faire apprendre n'importe quoi. Tous les mecs ont la moyenne en français, même les plus nuls. Les autres profs n'en reviennent pas. Mais on est prêts à tout pour un seul de ses sourires !

Mlle Blondin, comme son nom ne l'indique pas, est une brune aux yeux verts… Bon, d'accord, ça n'a aucun intérêt…

71

— Une idée de projet humanitaire original !
s'esclaffe Mathieu. Elle en a de bonnes, elle.

Mais voilà que soudain…

— Mathieu ! Et si on lui proposait…

Je n'ai pas fini ma phrase qu'il s'exclame :

— Je crois qu'on vient d'avoir la même idée au
même moment !

— Viens, on va voir Bertrand !

Pendant les vacances, Mathieu et moi, on s'est vus
presque tous les jours.

On a filé un sacré coup de main à Bertrand, dont
on a fini de ranger la bibliothèque et vidé les cartons.

On a passé de super bons moments ensemble. Il
m'a initié au slam. Il trouve que je me débrouille
plutôt bien. En tout cas, moi je kiffe. J'ai toujours un
carnet et un crayon en poche. Je réussis à écrire des
tonnes de choses sur mon accident, alors que j'avais
tant de mal à en parler.

Et j'écris beaucoup sur Mia, aussi. Mais ça, je ne
le lis à personne, pas même à Mathieu.

J'en suis presque à regretter la fin prochaine des
vacances.

Mais c'est aussi parce que j'ai peur de revoir Mia.
Elle ne m'a pas rappelé, ni même envoyé de mail
depuis notre dernière conversation… orageuse.

J'en ai parlé à Mathieu.

Enfin, non, c'est Mathieu qui m'en a parlé un jour, alors qu'on était chez Bertrand et qu'il m'avait demandé si j'avais de ses nouvelles.

— C'est ta copine, Mia ? Elle est canon, cette fille !

— Non, elle n'est pas ma copine.

— J'aurais juré pourtant. Vous êtes toujours ensemble au collège.

— Oui, on se connaît depuis longtemps… Mais bon…

— Mais bon, quoi ?

— Mais bon, ça ! lui avais-je répondu en désignant mon fauteuil.

— C'est nul ! Elle t'a dit qu'elle ne voulait pas sortir avec toi parce que…

— Non ! était intervenu Bertrand. Elle ne lui a rien dit du tout et la jouvencelle est certainement très éprise… Seulement, Thomas est persuadé du contraire, alors qu'elle nous a pourtant fourni certaines preuves tangibles !

— Comment ça ?

Bertrand avait alors tout raconté à Mathieu.

— Écoute, si cela ne te suffit pas… Je pourrais en remettre une couche, à la rentrée…

— Non, merci ! J'ai décidé de jouer franc jeu avec elle ! Désolé, Bertrand, mais plus de Bianca. Fini, je vais lui dire la vérité.

12

TROP BATH !

C'est avec un peu moins d'entrain que d'ordinaire que mes roues reprennent le chemin du collège.

C'est bien la première fois que je ne suis pas fou de joie à l'idée de retrouver Mia. Finalement, c'est vrai que l'amour complique tout. Et pour moi, c'est quand même assez nouveau comme sentiment ! Tant que je considérais Mia comme n'étant et ne pouvant être rien d'autre qu'une bonne copine, je m'étais toujours senti parfaitement à l'aise avec elle.

— Alors, ces vacances, Thomas ?

C'était Lucas, un de mes potes de classe. Un brave type, un peu ballot, se trimballant deux ans de retard, mais que j'aime bien.

— Trop bath ! lui ai-je aussitôt répondu.

— Trop bad ? Tu veux dire nulles, tes vacances ?

— Non, Lucas ! J'ai dit bath, b-a-t-h. et pas bad, b-a-d !

74

— Mais qu'est-ce que ça veut dire ?

Mathieu nous a rejoints.

— Salut ! Je disais à Lucas que j'avais passé des vacances plutôt bath. Et figure-toi qu'il ignore ce que ça veut dire.

— Saperlipopette[99] ! fait Mathieu. Toi, Lucas, tu ne sais pas ce que bath veut dire ? Je ne le crois pas !

— Ça n'a rien d'abscons, pourtant ! C'est hyper branché comme mot !

— Ah bon ? Et ça veut dire quoi ?

— Ben, ça remplace génial, cool !

— Ah ouais ? Bath, vous dites ? OK, c'est noté. Merci du tuyau !

Il se dirige ensuite vers le groupe de copains et leur lance :

— Eh, les gars, j'espère que vous avez passé des vacances aussi bath que les miennes !

Mathieu m'adresse un clin d'œil complice.

— Mia n'est pas là ? me demande-t-il en jetant un coup d'œil dans la cour.

— Non, et je n'ai aucune nouvelle. C'est la première fois qu'elle ne m'appelle pas en rentrant. Honnêtement, je crois que c'est fichu.

— Je n'en suis pas si sûr.

La sonnerie retentit.

---

99. Gentil juron exprimant l'étonnement ou l'agacement.

75

— Allez, en cours ! On commence par Blondin !

Nous rejoignons le rang. J'ai comme l'impression qu'on nous regarde bizarrement, Mathieu et moi. C'est vrai qu'ils ont manqué un épisode. Ils n'ont jamais vu Mathieu, le solitaire, adresser la parole à qui que ce soit dans la classe !

Toujours pas de Mia en vue…

Kelly, sa meilleure amie — que je ne peux pas sentir —, est seule.

— Tu as des nouvelles de Mia ?

C'est la pire des faux jetons, cette nana, et je ne comprends pas ce qu'une fille aussi sympa que Mia peut lui trouver !

D'ailleurs, j'ai comme l'impression qu'une lueur moqueuse brille dans ses yeux lorsqu'elle me répond :

— Non, aucune…

— Mais comment ça se fait qu'elle ne soit pas là ?

— J'sais pas moi ! J'suis pas sa nounou ! T'as qu'à l'appeler ! T'as perdu son numéro ? À moins que…

— À moins que quoi ? Vas-y, exprime-toi !

Mais elle tourne les talons.

À coup sûr, Mia lui a tout raconté. Faut effectivement que je l'appelle. Je le ferai à la récré. Ce petit jeu devient idiot. Jamais je n'ai été fâché avec Mia. C'est trop bête à la fin.

Mlle Blondin fait l'appel.

— Mia n'est pas là ? Quelqu'un a de ses nouvelles ?

Cette garce de Kelly lève le doigt.

— Oui, moi : elle est malade, mademoiselle.

— Rien de grave, au moins ?

— Je vous le dirai tout à l'heure.

— Très bien.

Kelly me regarde en ricanant. Je hausse les épaules en lui lançant une moue méprisante. Quelle cruche, cette fille !

— Alors, ces vacances ? nous demande Mlle Blondin.

— C'était trop bath ! lance Lucas.

Décidément, je n'aurais pas pu trouver de meilleur ambassadeur !

— C'est drôle d'entendre cette expression dans ta bouche, Lucas ! remarque notre prof. Mon père l'utilisait fréquemment quand j'étais petite.

Lucas lance un regard mauvais à Mathieu et moi qui nous retenons pour ne pas éclater de rire.

— Je vois quelques mines bien hâlées ! poursuit Mlle Blondin. Quant aux autres, je ne doute pas qu'ils auront largement profité de leurs vacances pour se cultiver et trouver une tonne d'idées pour notre projet…

Nous avions décidé que ce serait moi qui parlerais en premier. Sachant que notre idée ne ferait

certainement pas l'unanimité, Mathieu devait intervenir ensuite, en faisant mine d'être emballé.

Je me lance, donc.

— Eh bien, moi, j'ai fait la connaissance de
quelqu'un de très intéressant…

— Raconte-nous ça, Thomas !

— Cette personne, donc…

— Qui s'appelle Bianca !

C'est cette idiote de Kelly qui la ramène.

Elle se trouve si drôle qu'elle croit bon d'ajouter :

— Oh, Thomas, tes histoires d'amour n'intéres-
sent personne, si tu veux savoir…

Toute la classe, hormis Mathieu, éclate de rire.

Je l'aurais frappée si elle n'avait été une fille ! Non
mais quelle débile !

— Kelly ! intervient Mlle Blondin. Je te prierais
de ne pas interrompre ton camarade de manière
intempestive. D'autant que sa vie privée ne regarde
que lui ! Poursuis, Thomas !

— Cette personne donc, qui s'appelle Bertrand
Pavot (*et toc Kelly !*), préside la SPDM.

— La SPDM ? De quoi s'agit-il ?

— De la Société protectrice des mots !

Mlle Blondin se met à rire.

— J'en ignorais totalement l'existence ! Et quelle
est sa mission exacte, Thomas ?

— Sauver les mots en perdition, justement !

78

— Tout un programme, dis donc ! C'est drôlement intéressant ! Viens donc devant la classe pour nous expliquer tout ça.

Deux tours de roue plus tard, je suis aux côtés de Mlle Blondin qui a posé son bras sur le dossier de mon fauteuil.

Dur, dur, de me concentrer !

— Bon, cette assoce a pour but de sauver les mots qui disparaissent parce qu'ils ne sont plus utilisés !

— C'est débile ! croit bon de protester Kelly. Si on ne les utilise pas, c'est qu'ils ne servent plus à rien ! Alors, à quoi bon les sauver ?

Celle-là, j'allais te la remettre à sa place, fissa ! D'autant que Bertrand, enthousiaste, m'avait bien préparé à défendre notre cause.

— Ben justement ! Une langue qui perd ses mots s'appauvrit ! Ce qui fait sa richesse, c'est d'avoir le choix entre plusieurs mots pour exprimer la même chose à une toute petite nuance près.

Je regrette que Bertrand ne soit pas là pour m'entendre, tiens ! Mais le visage de Mathieu rayonne et m'encourage à poursuivre, ce qui n'est quand même pas évident, vu la mine des autres élèves.

Pendant que je parlais, Mlle Blondin s'était dirigée vers le fond de la classe et adossée au mur. Du coup, elle me fait face et jamais je ne l'ai vue me regarder avec tant d'intérêt. Là, je ne me sens plus !

79

— Tiens, toi Kelly, par exemple, pour te décrire, je pourrais dire que tu es une fille mafflue[100], mais aussi gironde, fessue, potelée, pansue, ventrue, replète… Tout ça pour dire que t'es g…

— Thomas ! m'interrompt Mlle Blondin.

Elle a raison, ce n'est pas très sympa. Pourtant, je ne suis pas quelqu'un de méchant et je déteste faire de la peine aux gens. Et je suis très mal placé pour me payer la tête des autres, mais là, elle l'a bien cherché, Kelly. Tant pis pour elle. Au moins, je lui ai cloué le bec. Un partout !

Quant à Mlle Blondin, elle est scotchée de chez scotchée !

— Mais comment s'y prennent-ils exactement ? me demande-t-elle.

— C'est tout simple, en fait : chacun des membres de la SPDM s'engage à adopter l'un des mots en voie de disparition, afin de les sauver.

— De les sauver comment ?

— Eh bien, en les utilisant ! En les remettant sur le marché, en les faisant tourner, circuler, revivre, quoi !

— Mais s'il ne s'agit que de mots obsolètes, ce ne doit pas être évident… Car encore faut-il replacer ces mots à bon escient !

---

100. Qui a de grosses joues.

80

— Ce n'est pas si difficile que ça, vous savez. Moi, le mot que j'ai adopté, j'arrive à le placer.

— Et quel est ce mot ?

— Abscons… mais, vous concernant, je pourrais ajouter que je vous trouve bien accorte et que j'aime les notes melliflues de votre parfum…

C'est la première fois que je la vois rougir, Mlle Blondin, tandis que les sifflets retentissent dans la classe ! Ils en sont verts de jalousie, les autres !

— Revenons aux choses sérieuses, Thomas ! Quelle est ton idée, exactement ?

— Ce n'est pas que mon idée. Je ne suis pas tout seul dans cette histoire.

— Ah ? Et qui d'autre ?

Mathieu se lève et, de cette voix que je suis pratiquement le seul de la classe à connaître, il s'adresse aux élèves :

— Moi aussi, je fais partie de la SPDM ! C'est là que Thomas et moi nous sommes rencontrés pendant les vacances et que l'idée nous est venue de faire du sauvetage des mots notre projet de classe…

— Génial ! s'exclame Lucas, pas rancunier et pas si ballot que ça, finalement. Je trouve même ça carrément bath !

— Ça me convient parfaitement comme projet ! déclare Mlle Blondin. Qu'est-ce que vous en pensez ? On vote ? Qui est pour ?

81

— On peut peut-être écouter les autres propositions ! s'insurge Kelly. C'est même pas de l'humanitaire, ça ! Vous nous aviez dit de réfléchir à un projet humanitaire. C'est de la triche. Alors qu'on s'est tous pris la tête pour vous trouver quelque chose…

— Mais je suis tout à fait d'accord pour écouter ta proposition, Kelly ! l'interrompt sèchement Mlle Blondin. Alors, quelle est-elle ?

Kelly vire au rouge pivoine.

— Peu importe ! De toute manière, on dirait qu'il y en a que pour Thomas, ici. C'est pas parce qu'il a le cul collé à son fauteuil qu'on doit tout accepter de lui, non plus ! Merde !

Je ne vous dis pas le silence qui s'abat sur la classe. Tout le monde baisse la tête.

Sauf moi !

— Mais si t'as une meilleure idée à proposer, vas-y, on t'écoute !

— Kelly, j'espère que tu regrettes tes propos ! intervient la prof. C'est vrai qu'il ne s'agit pas à proprement parler d'humanitaire… Quoiqu'on n'en soit pas très loin. Que serait l'homme sans les mots ? Ceux-ci ne nous servent-ils pas à communiquer, donc à comprendre ce que dit l'autre et à nous en faire comprendre ? Le langage est le propre de l'homme, non ? Alors, on peut considérer que le sauver équivaut à sauver l'humanité !

Trop forte, Mlle Blondin!

— Mais il y a peut-être d'autres propositions... Alors, qui a une autre idée? Personne? Kelly, pour protester aussi vaillamment, c'est donc que tu as réfléchi à la question, non?

— Non, je n'avais pas que ça à faire, moi, pendant mes vacances!

— Je vois! Et les autres? Personne n'y a réfléchi? Soit, je vous laisse encore deux, trois jours pour y penser. D'accord?

— Mademoiselle Blondin, si vous le permettez, le cul collé à son fauteuil voudrait répondre à Kelly.

— Je t'en prie!

Je ne suis pas né comme ça,
Ce n'est pas ma faute à moi
Si un crétin m'a renversé
Et sur le carreau m'a laissé!
Le fauteuil c'est pas le pied
Et j'm'en serais bien passé
Ce n'est pas facile les mecs
Pourtant faut que j'fasse avec
Je n'veux pas de vot'pitié
Je n'en ai rien à cirer
Mais juste un peu de respect
Si c'est pas trop vous demander!

Sur ce, la sonnerie retentit et tout le monde se barre sauf Mathieu.

— Tu vois que t'as des choses à dire…

— Oui, c'est beau ce que tu nous as récité, Thomas ! approuve Mlle Blondin. J'avoue avoir été dans un premier temps quelque peu surprise de cette complicité soudaine entre vous deux. Mais, à y réfléchir, elle est complètement inscrite dans l'ordre des choses. Les personnes de talent finissent toujours par se croiser. Allez, filez maintenant !

— Quand on va raconter ça à Pavot ! me fait Mathieu ravi, en saisissant les poignées de mon fauteuil.

— Attends, ce n'est pas gagné !

— Tu penses que cette peste de Kelly nous mettra des bâtons dans les roues… Oh ! pardon, Thomas !

J'éclate de rire.

— Certainement, mais je ne pense pas qu'elle fasse l'unanimité dans la classe. Viens, nous avons deux ou trois jours pour mener notre campagne !

13

COURAGE, FISTON !

Dans la cour, je vois Kelly dégainer son portable. À coup sûr, elle appelle Mia…

Il faut que je sois plus rapide, mais je suis aussitôt rejoint par quelques copains de la classe.

— Chapeau, les gars ! nous fait Lucas. Votre idée, moi, je suis d'accord. Je voterai pour.

— Et vous ? demande Mathieu aux autres.

— Honnêtement, moi je trouve ça un peu ringard ! intervient Sébastien. Sauver les mots, ça le fait pas, quoi ! De quoi on aura l'air ?

— Au contraire ! Je pense moi que c'est plutôt marrant comme idée ! réplique Laurent. Je ne vous dis pas la tête de mes vieux si je me mets à parler comme une encyclopédie ! Ils n'arrêtent pas de dire que nous, les jeunes, on ne sait plus parler ni écrire correctement. Si on leur sortait soudain des mots qu'ils ne connaissent même pas, ce serait génial !

Les autres l'approuvent. On est en train de gagner la partie, Mathieu et moi. Sauf si Kelly nous sort une méga idée ! Mais j'en doute.

Elle est toujours en grande conversation. Ce ne peut être qu'avec Mia.

La sonnerie retentit avant que je puisse l'appeler. Il faut que j'attende l'interclasse suivant.

Enfin, Mia décroche.

— Salut, Mia ! Qu'est-ce qui t'arrive ? Pourquoi tu n'es pas venue en cours ? Pourquoi tu ne m'as pas appelé ?

— Eh, t'es de la police ?

— Non, mais je ne comprends pas ce qui se passe ! Pourquoi es-tu fâchée ?

— Elle va bien, ta Branca ?

— Bianca, Mia. Écoute, je voulais te dire que…

— Pas la peine, Thomas, j'ai compris.

— T'as compris quoi ?

— Que tu n'avais plus besoin de moi ! T'as une copine maintenant, non ? Alors, pourquoi je t'aurais appelé ? En plus, il paraît que t'as un nouveau copain, aussi ! Et même que t'acceptes qu'il pousse ton fauteuil !

— C'est une peste, cette Kelly ! Pourquoi tu veux bien l'écouter, elle, et pas moi ? Tu te plantes complètement, Mia. Laisse-moi t'expliquer !

86

— Kelly m'a juste raconté ce qui s'est passé en classe. T'as pas été très cool avec elle ! Il paraît même que tu l'as ridiculisée devant tout le monde !

— Elle l'a bien cherché ! Mais je suppose qu'elle ne t'a pas répété ce qu'elle m'a jeté à la figure en classe, elle aussi, devant tout le monde ! C'est une peste, cette fille. Mia...

— Quoi ?

— Tu me manques, je veux te voir. Tu es malade ? C'est grave ?

— ...

— Mia ?

— Oui, je suis là.

Sa voix a changé. Je pense avoir gagné un point.

— Toi aussi, tu... T'as qu'à passer après le collège si tu veux.

— Aujourd'hui, je ne peux pas. J'ai rendez-vous chez mon kiné.

— Alors va au diable, Thomas !

— Non, Mia ! Ne te fâche pas ! Tu reviens quand en cours ? Demain ?

— Non, jeudi.

— Bon, OK ! Je passe demain après le collège, d'accord ?

— Ça marche !

En raccrochant, je pousse un grand ouf de soulagement. Plus de crainte à avoir. Ça va sûrement s'arranger, maintenant. Je me dis même qu'elle sera morte de rire, Mia, quand elle saura la vérité.

Après ma séance chez le kiné, je décide de déposer mon sac chez moi, puis de faire un saut chez Bertrand.

Mais il m'attend en bas.

Il veut tout savoir et je le lui raconte dans le détail.

— Ce n'est pas gagné, Bertrand ! Mais Mlle Blondin est enthousiaste ! Et plusieurs gars de la classe nous soutiennent, Mathieu et moi.

— Ah, que je suis fier de vous ! Si ça marche, on pourra dire que Mathieu et toi, vous nous aurez donné un sacré coup de main. Et Mia dans tout ça ?

— Elle n'est pas venue en cours. Je la vois demain. Je ne sais pas du tout ce que je vais lui dire.

— La vérité.

— Bien sûr ! Mais je ne peux quand même pas lui dire que j'ai inventé toute cette histoire pour la rendre jalouse.

— Écoute, Thomas, il n'y a aucune honte à avoir concernant tes sentiments. La nature est ainsi faite. Tu l'aimes et tu n'y peux rien. Allez, courage, fiston !

14

MIA, T'ES OÙ ?

Bon, voilà ce que je vais lui dire, ce soir :

— Écoute, Mia ! Il n'y a pas de Bianca. La personne que j'ai rencontrée est un vieil homme qui s'appelle Bertrand Pavot. C'est mon nouveau voisin !

Alors elle va me répondre :

— Pourquoi tu m'as menti ? Dans quel intérêt ?

Je marquerai un moment d'hésitation, j'essaierai même de rougir.

— Au début, c'est parti d'un malentendu. Quand je t'ai dit que j'avais rencontré quelqu'un, je voulais te parler de Bertrand. Mais c'est toi qui as tout de suite pensé à une fille… Alors, ça m'a amusé et je n'ai pas démenti parce que j'avais l'impression tout à coup…

Mia rougira à son tour.

— L'impression que quoi ?

— Eh ben, disons, que tu étais jalouse… Donc, que tu tenais à moi…

89

— Pourquoi, tu en doutais ? Je pensais que c'était clair, pourtant…

— Qu'est-ce qui était clair ?

— Que je tenais à toi, non ?

— Ben non ! Tu sortais avec d'autres…

— Je sortais avec d'autres, parce que…

— Parce que quoi ?

— Parce que j'avais l'impression que tu me considérais juste comme une bonne copine, voilà !

— Mais enfin, Mia, tu voyais bien que moi je n'avais personne, que je ne draguais personne…

— Justement, tu ne draguais personne… Alors, je me demandais si t'avais envie, enfin… Ce n'est pas facile à dire, Thomas !

— Tu te demandais si j'étais capable de sortir avec une fille, c'est ça ?

— Ben oui, mets-toi à ma place !

— J'aimerais y être à ta place, Mia ! Car tu vois, quand tu es cloué dans un fauteuil, on te prend généralement pour le dernier des imbéciles !

— Thomas, arrête, je ne voulais pas te blesser.

— C'est bon, Mia ! Mais enfin, réfléchis… J'étais tout le temps fourré avec toi, et quand on n'était pas ensemble, je t'envoyais des textos, des mails… Qu'est-ce qui te fallait de plus pour comprendre ?

— Que tu me le dises.

— Que je te dise que je t'aime ?

—Ben oui ! Les filles aiment qu'on leur dise ce genre de choses.

—Eh ben, voilà, c'est dit, non ?

—Non. Dis-le-moi vraiment.

—Mia…

—Oui, Thomas…

—Je t'aime.

—Moi aussi, je t'aime, Thomas…

—Thomas ? Thomas ! Mais à quoi tu rêves ?

C'est la voix de ma prof de maths… Pas celle de Mia. Et ma prof de maths, côté séduction, elle n'a rien à voir avec Mlle Blondin !

—Demandez-lui plutôt à qui ! persifle Kelly.

—Euh, excusez-moi… Vous pouvez répéter la question ?

Voilà le film que je me faisais dans ma tête. Seulement, je ne sais pas si je vous l'ai déjà dit, mais dans la vie, les choses ne se passent pas toujours comme on l'aurait voulu.

Dans le couloir, je croise Mlle Blondin.

—Bonjour, Thomas ! J'aimerais beaucoup rencontrer M. Pavot.

—Pas de problème, je lui dirai. Mais ce n'est pas encore gagné pour notre projet.

—Je ne m'inquiète pas le moins du monde, va ! Je

91

ne pense pas que quelqu'un trouvera mieux. Mais pour être sûre, j'ai pensé qu'on pourrait demander à M. Pavot de venir au collège nous en parler.

— Il sera ravi !

— Très bien. Tu peux m'emmener après les cours ?

— Ce soir ? Mais…

— Tu n'es pas disponible ?

— Euh, si… si, bien sûr !

Oui, je sais : je lui ai dit si, alors que je pensais non. Vous en avez de bonnes vous ! Je ne pouvais quand même pas lui dire que j'avais rendez-vous avec Mia !

— Allô, Mia ?

— Oui Thomas ?

— Écoute, j'ai un empêchement ce soir… Je ne pourrai pas passer…

— Tu te fiches de moi ou quoi ?

— Non, Mia, je te jure ! Écoute, je dois emmener Mlle Blondin rencontrer mon ami Bertrand… C'est le type de la SPDM ! Il lui a fixé rendez-vous chez lui, après les cours. Et Mlle Blondin m'a demandé si je voulais bien l'accompagner.

— T'avais qu'à lui dire non, à Mlle Blondin. Je ne vois vraiment pas ce que vous lui trouvez tous à celle-là !

— Écoute, Mia, je peux venir après, si tu veux ?

— Non, pas la peine ! On se verra au collège, demain !

— Mais il faut que je te parle d'abord en tête à tête !

— C'est ton problème, Thomas, pas le mien. D'abord, tu dis que tu viens, puis tu ne viens plus... Alors, tant pis. À demain !

Mia a raison ! Je me conduis comme un imbécile. Mlle Blondin aurait très bien pu y aller sans moi, chez Bertrand ! Oh, mais pourquoi ai-je accepté ?

Le fait que Mlle Blondin m'attende à la grille du collège et que nous partions ensemble me console à peine.

S'il est ravi de la visite de Mlle Blondin, Bertrand remarque tout de suite que quelque chose cloche. Je ne les écoute que d'une oreille distraite.

— Puis-je vous proposer une tasse de thé, mademoiselle Blondin ?

— Très volontiers !

Il me fait alors fait signe de le suivre à la cuisine.

— Qu'est-ce qui ne va pas, Thomas ? Tu as l'air d'être sur des charbons ardents ! C'est Mia ?

— Oui ! Je suis trop nul. J'avais rendez-vous avec elle ce soir après le collège, mais quand Mlle Blondin m'a demandé de l'accompagner chez vous, je n'ai pas osé refuser.

— Je vois. Alors, file à ton rendez-vous, maintenant !

— Vous êtes sûr ?

— Certain. Nous n'avons pas besoin de toi. File, je te dis !

— Merci Bertrand ! Au revoir, mademoiselle Blondin. Je suis obligé de partir, j'ai un rendez-vous !

— Au revoir, Thomas. C'est gentil de m'avoir accompagnée jusqu'ici.

Alors que je sors à toute vitesse de l'immeuble, je vois Christina accourir. Ah, non ! Pas elle, pas maintenant ! Je n'y suis pour personne d'autre que Mia.

— Eh, Thomas !

— Plus tard, Christina ! Pas le temps ! Hyper pressé.

En arrivant chez Mia, je suis hors de bras !

Je sonne à sa porte ! Re-sonne.

Personne !

Je l'appelle de mon portable.

— Mia, t'es où ?

— Et toi ?

— Je suis chez toi, moi !

— Eh bien moi, je suis devant chez toi. Ta concierge m'a dit qu'elle t'avait vu sortir comme un fou de l'immeuble.

— Oh, non ! Bon, ne bouge pas surtout, j'arrive.

Je refais le chemin en sens inverse encore plus vite qu'à l'aller.

Mais arrivé devant chez moi, pas de Mia.

Je vais frapper au carreau de la loge de Christina.

— La demoiselle est repartie, mais elle a dit que tu montes. Elle revient tout de suite.

À quoi joue-t-elle, Mia ?

À peine ai-je refermé la porte qu'on y sonne.

J'ouvre et là, je reste à quia !

Je vois d'abord un fauteuil roulant, puis une jambe dans le plâtre, puis le visage tout bronzé, tout beau de Mia.

— Mia ! C'est quoi ce fauteuil ? Que t'est-il arrivé ?

— Fracture ouverte. Hôpital, opération… Je peux rentrer ? À moins que tu n'attendes quelqu'un d'autre ?

Elle avance d'un tour de roue. Je hausse les épaules puis recule pour la laisser passer.

— C'est arrivé quand ?

— Juste après qu'on s'est parlé au téléphone.

— Comment ?

— J'ai enfilé mes skis et suis partie comme une dératée dévaler une piste noire. Je me suis rétamée.

— Non ?!

— Si ! Mais je n'y voyais pas très clair.

— Pourquoi ?

— Parce que je pleurais. J'étais jalouse de Bianca.

— Mia, il n'y a pas de Bianca.

Nous sommes à la même hauteur tous les deux. Nos visages se rapprochent.

— Il n'y a pas de Bianca ?

— Non.

— Et il n'y a personne d'autre ?

— Non.

Nos fauteuils se touchent.

— Tu es sûr ?

— Évidemment…

Elle se penche vers moi davantage, mais on sonne à la porte !

C'est Bertrand qui ne voit pas immédiatement Mia.

— Christina m'a dit qu'elle t'avait vu remonter. Te voilà déjà de retour ? s'étonne-t-il. Et ton rendez-vous ?

Je lui fais de grands signes pour qu'il se taise, mais Mia nous rejoint.

— Mia, je te présente…

— Bianca ! répond Bertrand en lui tendant la main. Puis il éclate de rire.

— Je vous laisse, les enfants !

Et il s'en va.

— Je vais t'expliquer…

— Pas la peine… J'ai compris.

Ses lèvres se posent sur les miennes.

ÉPILOGUE

Les élèves sont rassemblés dans la salle polyvalente. C'est déjà la fin de l'année scolaire.

Il fait beau.

Sur l'estrade, la première personne que l'on remarque est une jeune femme brune, moulée dans une robe de soie fuchsia, magnifique. C'est Mlle Blondin.

Bertrand Pavot s'est fait tout beau, costume sombre et nœud papillon. De part et d'autre de M. Pavot, Thomas et Mathieu.

Le principal du collège est tout raide. Il n'était pas très chaud pour s'embarquer dans l'aventure. Il jugeait le projet aussi inutile qu'utopique, mais il se serait damné pour complaire à Mlle Blondin. Il ne peut que s'en réjouir, d'ailleurs, car jamais il n'aurait osé espérer une telle réussite. Les parents d'élèves sont ravis, les enseignants aussi. Que demander de plus !

Tout le monde s'est pris au jeu. Et de la sixième à la troisième, tout un chacun a participé à sa manière. Les murs du collège se sont recouverts d'affichettes multicolores. Des mots à sauver, on en trouve partout.

Dans la salle, il a fallu ajouter pas mal de chaises, car les membres de la SPDM ont bien évidemment insisté pour participer à cette réunion pour le moins exceptionnelle, qu'ils n'auraient jamais osé imaginer, même dans leurs rêves les plus fous.

Le principal prend la parole. Tout le monde craint le pire : un discours de principal, ce n'est pas ce qu'on préfère lorsque l'on est encore collégien. Mais celui-ci sait s'adapter à son auditoire. Et il sera vivement applaudi lorsqu'il s'adressera aux parents en ces termes :

— En ces temps de décadence où notre pauvre langue est l'objet de moult atteintes à son intégrité, à sa richesse, à sa pureté, nous nous devons, nous qui sommes les parents des locuteurs de demain, d'appuyer la démarche de monsieur Pavot qui consiste à essayer vaille que vaille de maintenir notre langue à ce haut niveau de qualité qui lui vaut son rayonnement mondial.

— Y s'la pète pas un peu, l'autre ? demande Lucas à son voisin.

— Bravo ! crient certains parents.

98

—J'hallucine ! ricane Mia à l'intention de Kelly. Qu'est-ce qu'ils peuvent être faux derches, parfois !

La parole est à Thomas. Mia ne le quitte pas des yeux et l'encourage de son sourire radieux. Ses parents sont assis au premier rang. Ils peuvent être fiers de leur fiston, et ils le sont !

Thomas se racle la gorge.

—Cher monsieur le principal, cher monsieur Pavot, chers professeurs, chers parents et chers élèves... Je n'ai pas l'intention de faire un long discours. Mathieu et moi avons juste écrit un petit texte de circonstance que nous allons vous déclamer. À toi, Mathieu !

Celui-ci se lève et sourit à l'auditoire :

Dans le palais des mots de France
Se tient une grande réunion,
Nombreuses sont les doléances
Et bien houleuses les discussions.
Je n'en peux plus ! Cela suffit !
Gémit l'Encyclopédie.
Ils nous mutilent, nous assassinent,
Ignorent tout de nos racines.
Et ils me donnent le tournis
Avec cette satanée manie
De mettre les mots à l'envers.
J'en ai sans cesse le mal de mer !

Et là n'est pas le seul danger !
Poursuit l'Encyclopédie.
Je ne peux me faire à l'idée
Que mon œuvre de papier
Publiée en dix-sept volumes
Devienne plus légère qu'une plume
Et se lise désormais sur une rondelle d'acier !
Le CD-ROM est sidéré
Et n'entend pas se laisser faire.
Ah, elle ne manque pas d'air, la grosse !
Vous savez ce qu'elle vous dit la rondelle,
Mademoiselle ?
Vous êtes obèse,
Ne vous déplaise !
Ensevelie sous la poussière,
Vous êtes totalement dépassée.
Vous êtes appelée à disparaître.
Vous n'avez plus de raison d'être !

Là, c'est au tour de Thomas :

Savez-vous, mes chers confrères,
Intervient le Vocabulaire,
Qu'il y a des mots que l'on enterre
Dans les cimetières,
Vingt pieds sous terre !
C'est alors que survient le preux chevalier Pavot,

Le grand docteur de tous les maux,
Le grand sauveur de tous les mots.
Rassurez-vous, je suis là !
Et mes compagnons et moi, allons remédier à cela !

Jamais, de mémoire d'élève, les murs de la salle polyvalente n'avaient résonné d'un tel tonnerre d'applaudissements.

C'est au tour de Bertrand.

Il réajuste son nœud papillon, jette un regard ému à ses jeunes condisciples et prend le micro. Et c'est le plus sérieusement du monde qu'il lance à l'assemblée :

— J'vous dis pas comme j'les kiffe grave, mes petits gars !

Le contact de ces jeunes aurait-il fait perdre la raison à ce brave monsieur ? s'inquiètent certains.

Mais il les rassure aussitôt :

— Ne craignez rien ! Si vos enfants parlent désormais comme des académiciens, je n'ai pas, hélas ! en ce qui me concerne, retrouvé mes quinze ans. Cela dit, si ces jeunes ont retiré de cette aventure quelque bénéfice langagier, il en est de même pour moi, pour qui cette expérience fut des plus enrichissantes. Puisque, grâce à la fréquentation de ces collégiens, m'est apparue la vérité suivante : une langue qui ne s'ouvre pas, qui n'évolue pas, est condamnée à mourir. Et je ne pourrai donc que conclure mon modeste laïus en vous citant monsieur Littré : « Le passé de la langue conduit immédiatement l'esprit vers son avenir. C'est cette combinaison entre la permanence et la variation qui constitue l'histoire de la langue. » Alors, préservons nos anciens vocables, mais accueillons à bras ouverts les petits nouveaux !

Voilà, tout est bien qui finit bien !

Quant à l'histoire entre Mia et Thomas, cela ne nous regarde pas !

Glossaire[101]

À quia : réduit au silence
Argousin : agent de police
Atour : parure, toilette
Babillarde : bavarde
Badauderie : flânerie
Baille-moi : donne-moi
Bancroche : bancal
Barguigner : hésiter
Bath : super, cool
Béjaune : naïf
Billevesées : balivernes
Brimborion : babiole
Brocard : moquerie
Brune (à la) : à la tombée de la nuit
Cagoterie : bigoterie mensongère
Capon : poltron
Carabistouilles : bêtises
Caraco : pièce de lingerie féminine
Cautèle : prudence rusée
Chemineau : vagabond
Clampin : type quelconque

---

101. Liste alphabétique, placée à la fin d'un ouvrage, du vocabulaire spécialisé qui y est utilisé.

Coquecigrues (regarder voler les) : se faire des illusions

Débagouler : vomir

Déduit : ébat amoureux

Derechef : de nouveau

Diantre ! : juron

Ébaudir (s') : se divertir

Esbigner (s') : se sauver

Étalier : commerçant tenant un étal de boucherie

Faix : poids, fardeau

Faquin : coquin

Fesse-mathieu : avare

Fi ! : interjection exprimant le dégoût

Fla-fla : chichi

Flambard : fanfaron

Flandrin : dadais

Fortifs : fortifications

Gandin : jeune homme à la mise précieuse

Génitoires : testicules

Goguenardise : plaisanterie moqueuse

Gommeux : jeune homme à la mise ridicule

Goualante : chanson populaire

Gourgandine : femme légère

Gourme (jeter sa) : s'émanciper, commettre ses premières frasques

Grimaud : élève ignorant

Gueuse : misérable

Hommasse : masculine
Huis : porte, entrée
Iceux : ceux-ci
Jean-foutre : je-m'en-foutiste
Jocrisse : naïf, bon garçon
Jouvenceau : jeune homme
Lupanar : maison close, bordel
Macache : rien du tout
Mafflu(e) : qui a de grosses joues
Manant : paysan
Mâtin ! : interjection marquant l'étonnement
Matutinal : matinal
Melliflu : sucré, qui a la suavité du miel
Mirliflore : jeune homme élégant, qui aime se donner en spectacle
Momerie : travestissement de la vérité
Moult : nombreux
Nasarde : chiquenaude
Nénette : tête, méninges
Nitescence : clarté
Opiniâtrer (s') : s'entêter
Patache : voiture inconfortable
Pauvresse : femme pauvre
Peccamineux : celui qui commet des péchés
Pékin : homme quelconque
Pendard : vaurien
Péronnelle : jeune fille sotte

Pétuner : fumer

Potinière : commère

Potron-minet (dès) : au petit matin

Priapée : tableau obscène

Purotin : personne fauchée

Radeuse : prostituée

Rastaquouère : étranger

Ribote : excès de table, bombance

Robin : homme de loi peu enclin à l'indulgence

Ruffian : aventurier

Saperlipopette : gentil juron exprimant l'étonnement ou l'agacement.

Sapientale (assemblée) : assemblée de sages

Scrogneugneu ! : sacré nom de Dieu !

Seoir : bien aller

Septentrion : nord

Subséquemment : en conséquence

Suivez-moi-jeune-homme : ruban de chapeau de femme

Tire-laine : voleur

Toquer : frapper discrètement

Torche-cul : papier toilette

Tranche-montagne : fieffé menteur

Trotte-menu : qui avance à petits pas

Turlutaine : refrain, ritournelle

Valétudinaire : personne souffrante

Venette : peur

Vétilles : choses sans importance
Vit : pénis
Y : il

Sources

100 mots à sauver, Bernard Pivot, Albin Michel, 2004.
Les Grands Mots du professeur Rollin, François Rollin, Plon, 2006.
Les Mots obsolètes, Antoine Furetière, Zulma, 2006.

Table des chapitres

	Préambule	5
1.	La concierge est dans l'escalier	7
2.	Scrogneugneu !	11
3.	Viendra-t-y, viendra-t-y pas ?	17
4.	Le père Pavot	24
5.	La vie n'est pas un conte de fées	31
6.	C'est mortel, les vacances de Noël !	36
7.	La SPDM	41
8.	L'adoption est une chose grave	50
9.	Le champion de l'omelette	56
10.	Votre fils ne marchera plus	61
11.	Mlle Blondin, c'est quelque chose !	69
12.	Trop bath !	74
13.	Courage, fiston !	85
14.	Mia, t'es où ?	89
	Épilogue	97
	Glossaire	103
	Sources	107

Yaël Hassan a reçu de nombreux prix prestigieux depuis le célèbre *Un grand-père tombé du ciel*. Nombre de ses romans publiés chez Casterman abordent, toujours avec finesse, les rapports entre différentes générations et l'importance du passé dans l'histoire d'une famille. Si l'écriture lui est indispensable, c'est qu'elle aime partager à travers ses livres ses questionnements, ses indignations et ses émotions.

DU MÊME AUTEUR
Aux éditions Casterman

collection Romans

UN GRAND-PÈRE TOMBÉ DU CIEL
Prix du roman jeunesse 1996
Prix Sorcières 1998
Grand Prix des jeunes lecteurs de la PEEP 1998
Prix des Mange-livres de Carpentras 1999
Prix du premier roman de Châlons-sur-Marne 1999
Prix du Jury et Prix des Lecteurs, Clamart, 2006
Prix du meilleur roman, Salon du livre de Jeunesse de
St-Laurent-de-la-Salanque 2009

MANON ET MAMINA
Prix jeunesse de la ville de la Garde 2000
Prix Chronos Suisse 2000

QUAND ANNA RIAIT
Prix des écoliers de Rillieux-la-Pape 2001
Prix Tatoulu 2001
Prix du roman de Mantes-la-Jolie 2001
Prix de la ville de Lavelanet 2001

LE PROFESSEUR DE MUSIQUE
Prix Chronos Suisse 2001
Prix Saint-Exupéry 2001
Prix Chronos Littérature de Jeunesse 2002

UN JOUR, UN JULES M'@IMERA
Prix Julie des lectrices 2002
Prix de Beaugency 2002

LETTRES À DOLLY

DE L'AUTRE CÔTÉ DU MUR
Prix du Salon du livre de Limoges 2003

L'AMI

TANT QUE LA TERRE PLEURERA...

LA CHÂTAIGNERAIE
Prix des Embouquineurs, Brest 2006

LA BONNE COULEUR
Prix NRP Collèges 2006
Prix Gragnotte, Narbonne, 2007
Prix Littéraire Brivadois 2007

SUIVEZ-MOI-JEUNE-HOMME
Prix NRP Collèges 2007
Prix Chronos 2009
Prix Sainte-Beuve des collégiens
du Nord-Pas-de-Calais, 2009
Prix Gragnotte de la ville de Narbonne, 2009
Prix My Mots, Collège Rambam-Maïmonide
de Boulogne-Billancourt 2009

ALBERT LE TOUBAB
Prix PEP Solidarité 2009 de Metz
Prix de la Vache Ki'Lit 2009 festival Au Bonheur des
Mômes - Le Grand Bornand (73)
Prix Livre-Élu 2009 (6ᵉ) du Collectif Lecture de Haute-
Loire (43)
Prix Kilalu 2010 d'Ivry-sur-Seine (94)
Prix littéraire de la Citoyenneté 2010 du Maine-et-
Loire (49)

CUTIE BOY
LIBÉRER RAHIA

collection «Des enfants font l'histoire»
À PARIS, SOUS L'OCCUPATION

collection « albums Casterman»
DANS LA MAISON DE SARALÉ